Bianca Bellová · Am See

W0109711

UNKORRIGIERTES LESEEXEMPLAR
Erscheint im Februar 2018

Sperrfrist: Bitte nicht vor dem
16.02.2018 besprechen!

Kontakt Presse:
Julia Strack, mondello GmbH Berlin,
j.strack@keinundaber.ch
Tel. +49 30 24 631 140

Kontakt Vertrieb:
Kathrin Döring,
vertrieb@keinundaber.ch

Papier und Ausstattung des Leseexemplars
entsprechen nicht der endgültigen Ausgabe.

BIANCA BELLOVÁ

Am See

ROMAN

Aus dem Tschechischen
von Mirko Kraetsch

KEIN & ABER

Den Menschen auf dem Weg gewidmet

Die Originalausgabe erschien 2016 unter dem Titel *Jezero*
bei Vydal Host – vydavatelství, s.r.o.
Copyright © 2016 by Bianca Bellová

Deutsche Erstausgabe
Alle Rechte vorbehalten
Copyright © 2018 by Kein & Aber AG Zürich – Berlin
Covergestaltung: ZERO Werbeagentur, München
Druck und Bindung: CPI – Ebner & Spiegel, Ulm
ISBN 978-3-0369-5778-4
Auch als eBook erhältlich

www.keinundaber.ch

INHALT

I.

Ei

Nami schwitzt. Er hält Großmutters fleischige Hand. Die Wellen des Sees klatschen regelmäßig an den Betonpier. Vom Stadtstrand dringt Geschrei herüber. Es muss Sonntag sein, wenn er mit Großmutter und Großvater hier auf der Decke sitzt. Und noch jemand ist da, Nami erinnert sich an drei rote Flecken, die Dreiecke eines Bikinis und darüber ein auftoupierter Pferdeschwanz aus schwarzem Haar, wie der Schweif eines Hengstes, und zwei dunkle Haarbüschel unter den Achseln. Die drei Dreiecke bewegen sich langsam in der Sonne, drehen sich um, sodass nur noch eins zu sehen ist. Ein Stück vom Ufer entfernt schlägt ein Wels träge mit der Schwanzflosse.

»Der Wasserstand kommt mir irgendwie niedriger vor als früher«, bemerkt Großmutter und schlägt klatschend eine Fliege tot, die sich auf ihrem Bauch niedergelassen hat. Großmutter kaut geröstete Sonnenblumenkerne vom Strandkiosk und spuckt die leeren Schalen auf den Beton vor sich.

»Was du wieder redest«, sagt Großvater. »Weiberverstand – das Zweitschlimmste auf der Welt, gleich nach einem Kater am Morgen!«

Großvater lacht, wiegt sich vor und zurück, die Hände auf den Oberschenkeln, zwischen den Fingern, in die sich der Dreck eingefressen hat, eine filterlose Zigarette.

Die drei Dreiecke greifen zur Thermoskanne, bewegen sich auf Nami zu und reichen ihm Pfefferminztee.

»Trink was, mein Täubchen.« Schau an, die drei Dreiecke haben eine Stimme. Angenehm tief, wie der alte Brunnen hinterm Haus. Nami trinkt, der Tee ist köstlich, mit Honig gesüßt, ganz ohne Widerstand rinnt er in seine Kehle.

»Na komm, du Täubchen«, sagt Großvater, »soll keiner von dir behaupten, du bist ein Schisshase. Mit drei muss hier jeder Junge schwimmen können.«

Großvater fährt sich mit der Hand über den runden Bauch. Die Kippe schnippt er ins Wasser, wo sie mit einem Zischen verschwindet. Nami hat keine Lust, ins Wasser zu gehen. Er will auf der Decke liegen, sich an Großmutters weichen Bauch lehnen und den drei roten Dreiecken zuschauen. Er hebt einen Arm an, aber er fällt ihm schlaff wieder zurück in den Schoß.

»Los, Nami«, versucht Großmutter ihn zu überzeugen. »Ich kauf dir auch einen Lutscher.«

Lutscher kleben am Zellophan fest, nie kriegt man sie richtig da raus. Nami bekommt nur selten einen, nur zum Tag des Friedens und wenn die drei Dreiecke zu Besuch sind. Die Lutscher schmecken nach gebranntem Zucker und Veilchen. Besonders lecker findet Nami sie nicht, aber sie sind etwas so Rares, dass er sich jedes Mal darauf freut und alles dafür tut, was von ihm verlangt wird.

Er steht langsam auf, doch noch bevor er in der Senkrechten angekommen ist, merkt er, wie er durch die Luft fliegt.

»Schwimm, du Stör«, ruft Großvater ihm nach und lacht los. Die drei Dreiecke stoßen einen Schrei aus, Großmutter auch. Nami schlägt schmerzhaft mit der Hüfte auf, durchbricht die Wasseroberfläche und sinkt in die dunkle Tiefe. Über sich sieht er die Sonne in einem Schwarm aus Bläschen funkeln. Die Luft bleibt ihm weg, seine Lunge tut weh. Während er hinabgleitet, wird das

Wasser immer kälter. Nami sinkt reglos weiter, die zur Seite gestreckten Arme wehen neben seinem Körper. Gleich würde er den Seegeist zu Gesicht bekommen, der am Grund lebt. Der Druck auf die Lunge wächst, die Ohren explodieren. Instinktiv schnappt er nach Luft und schluckt Wasser. Er sieht nichts mehr, rudert jetzt panisch mit Armen und Beinen, was ihn wieder in Richtung Oberfläche bringt. Alles ist schwarz und glitzert.

»Du Kanaille«, schimpft Großmutter, als Nami endlich wieder Luft holt und wie wild das Dreckwasser aushustet. »Alter Hornochse, dich darf man nicht mal auf eine Büchse Regenwürmer aufpassen lassen!«

»Was denn? Macht er doch gut, oder? Hast du nicht gesehen, wie er von selbst wieder aufgetaucht ist?«, gibt Großvater zurück. Seine Stimme zittert leicht. »Das ist ein Krieger!«

»Komm her, mein Täubchen«, sagen die drei Dreiecke wie tief aus dem Erdinnern und drücken ihn sanft an sich. Ein hämmernder Brustkorb am anderen. Nami beruhigt sich, das Husten lässt nach. Unter den Dreiecken ist warme gebräunte Haut, die duftet. Die drei Dreiecke drücken ihn, küssen sein Haar und flüstern etwas. Nami ist ruhig, ihre Haare kitzeln ihn im Gesicht, und die drei Dreiecke fangen an zu singen.

»Hör auf, ihm was vorzusingen«, fährt Großmutter sie an. Nami zuckt zusammen, aber dann liegt er still da, reglos. Tut so, als wäre er tot, als wäre er überhaupt nicht hier. Der Gesang verstummt, mit jedem Ausatmen ertönt nur noch ein satter Ton, als würde eine Glocke nachhallen, wenn ihr Herz schon zur Ruhe gekommen ist. Am liebsten würde Nami für immer so bleiben. Er wirft einen verstohlenen Blick ins Gesicht über den drei Dreiecken, sieht aber nur die Nasenspitze und die hervortretenden Wangenknochen. Auf dem Weg nach Hause wird Nami ohnmächtig, und Großvater muss ihn tragen.

Sie gehen nicht über den Marktplatz mit dem Staatslenkerdenkmal und der Grube, die die Russen für Abfälle ausgebaggert haben, sondern hintenrum, hinter den Plattenbauten entlang.

»Bist 'n ganz schöner Brocken, Junge«, murmelt Großvater und bleibt stocksteif stehen, als ihm ein Fuß wegrutscht und er es nur mit Ach und Krach schafft, das Gleichgewicht zu halten. Zu Hause kriegt Nami den Lutscher. Er leckt mehr aus Pflichtgefühl daran und beobachtet aus dem Augenwinkel die drei Dreiecke, die sich inzwischen in ein grün-blaues Blümchenkleid verwandelt haben. Wenn er kann, berührt er es, und zur Belohnung bekommt er den Duft, den es verströmt.

Am Abend muss sich Nami heftig übergeben. Sein Magen krampft sich unkontrolliert zusammen, und Nami speit literweise Schmutzwasser aus, vermischt mit Pfefferminztee und Blini-Stückchen mit Schafskäse. Das Blümchenkleid streicht ihm über die Stirn, hält beim Erbrechen seinen Kopf, wischt ihm den Mund ab und tröstet ihn. »Sch-sch, alles wird gut, mein Täubchen«, flüstert es.

Als Nami am Morgen aufwacht, ist das grün-blaue Kleid schon weg. Er nimmt einen Schluck russischen Schwarztee und erbricht ihn umgehend wieder.

Nami ist mit Fischgeruch aufgewachsen, und so hat er

ihn nie richtig wahrgenommen. In der Kleinstadt Boros gibt es eine Stör-Aufzuchtstation und direkt daneben ein Fischverarbeitungswerk. Alea, die Nachbarin, arbeitet in der Fischfabrik; manchmal kommt sie vorbei, setzt sich mit vors Haus und bringt im Tausch gegen einen Sack Kartoffeln einen Eimer Kaviar mit. Nami muss dann zum Frühstück und zum Abendbrot Kaviar essen, er sitzt vor dem Eimer und löffelt, bis ihm schlecht wird.

»Aufgegessen?«, fragt Großmutter, und Nami senkt den Blick und starrt zu Boden.

»Das ist gut«, sagt Großmutter. »Kaviar ist das Allergesündeste der Welt. Gleich nach Ginseng.«

»Und nach Bum-Sen«, kichert Großvater aus der Ecke, er reibt sich mit dem Daumen im Augenwinkel, zwischen dem Zeigefinger und dem verstümmelten Mittelfinger hält er eine filterlose Zigarette.

»Schäm dich, alter Sack!«, tadelt Großmutter ihn, aber auch sie muss lachen. Sie brät Blini und bestreicht sie mit Butter. »Du futterst wie die Bonzen.« Als sie Nami die Blini bringt, lächelt sie. Er mag Kaviar, aber er hat das Gefühl, dass das nicht alles ist. Er hofft, dass noch mehr kommt in seinem Leben, doch mit vier Jahren kann er das nicht recht in Worte fassen. Er zermalmt die schwarzen Kügelchen zwischen den Zähnen und pult sich gedankenverloren Schorf vom Knie.

Großmutter hat eine große Beule am Steiß, breite knochige Hüften und einen weichen Bauch, auf dem Nami gerne einschläft. Mit ihrer rauen, trockenen Hand streicht sie ihm übers Haar und erzählt ihm Märchen vom Seegeist und von den Kriegern der Goldenen Horde, die im Koloss-Felsen schlafen und warten, bis ein großer Krieger sie wecken kommt.

»Werde ich das sein?«, fragt Nami.

»Ja, du, mein Junge«, sagt die Großmutter mit einem Lächeln.

»Wie finde ich sie?«

»Die Vorsehung wird dich hinführen, Täubchen«, sagt Großmutter, und er schläft seelenruhig ein.

Es ist Tag des Fischfangs, der größte Feiertag des Jahres. Auf dem Marktplatz um das Staatslenkerdenkmal versammelt sich die ganze Stadt, die Kinder tragen schneeweiße Hemden, die Jungen farbige Krawatten, die Mädchen Schleifen im Haar. Der Kioskbesitzer Akel, der normalerweise Heringe und Sonnenblumenkerne verkauft, hat heute an seinem Stand auch Zuckerwatte und köstliche Krapfen, vollgesogen mit verbranntem Fett. Es ist der Tag, an dem keiner der Fischer auf den See fährt, weil alle feiern. Um elf am Vormittag kann kaum noch einer auf den Beinen stehen, sie müssen dem Seegeist vornübergebeugt bereits mächtige Opfer bringen.

Während seiner langen Rede blickt der Direktor des Fischverarbeitungswerks abwechselnd auf den See und zum Himmel, er preist den Fortschritt und die Kollektivierung. Ein Bursche, mit Schamanenstirnband, tanzt um das Staatslenkerdenkmal herum, aber alle ignorieren ihn. Die russischen Ingenieure und ihre Gattinnen in der ersten Reihe sind großstädtisch gekleidet, die Damen tragen Absatzschuhe, über die Schulter eine Handtasche aus Kunstleder und die Haare hoch auftoupiert. Die hiesigen Frauen reden abschätzig über sie, manchmal spucken sie sogar aus. Einer der kleinen russischen Jungen ist trotz seines dumpfen Gesichtsausdrucks Gegenstand der Bewunderung, denn während der Rede umkreist er den Marktplatz unter großem Geknarze in einem grünen Tretauto. Nami kann den Blick nicht von ihm abwenden; er hält Großmutters schwitzige Hand, die Beine über Kreuz, schon eine Weile muss er dringend pinkeln. In der freien Hand hat er ein Fähnchen in Form eines Fischs. Zu seiner anderen Seite steht Großvater, vielmehr schwankt er, und sein Kopf sackt weg, manchmal hört man ein lautes Schmatzen. Es donnert, vielleicht wird in den russischen Kasernen auch geschossen. Die russischen Ingenieure und ihre Gattinnen blicken sich empört an und schütteln den Kopf. Der Rede hört längst niemand mehr zu, die Frauen unterhalten sich gedämpft, aber aus Anstand geht niemand weg. Alle denken ans Büfett, das in der Fischfabrik aufgebaut ist: Blini mit Kaviar, Hering in Mayonnaise, Zwiebelkuchen, Brombeerwein für die Frauen und eine Menge Schnaps für ihre Männer. Nami kann nicht aufhören, dem grünen Tretauto nachzusehen, das über Unebenheiten und Schlaglöcher hinwegfährt wie ein Panzer, er versucht, den Blick abzuwenden, doch es geht nicht, er sieht das Auto immerzu, auch wenn er die Augen schließt. Sein Magen krampft sich schmerzhaft zusammen vor Neid.

»Gehen wir dann, Oma?«

»Gleich, sei brav.«

»Wie lange noch?«

»Noch einen Moment.«

Für einen Fünfjährigen kann ein Moment Unendlichkeit bedeuten.

»Oma.«

»Was hast du denn andauernd?«

Nami schweigt.

»Du hast dir in die Hose gemacht.«

Großvater erwacht aus seinem Nickerchen und schaut sich unsicher um.

»Der Junge hat sich in die Hose gemacht«, flüstert Großmutter und versetzt ihrem Mann einen Stoß.

»So ein Trottel«, ächzt Großvater.

Nami hat vorn auf der kurzen Hose einen Fleck, der immer größer wird, und ein Rinnsal fließt an beiden Beinen hinunter. Wieder donnert es, diesmal blitzt es auch. Der Betriebsleiter hat noch ein paar Seiten seiner Rede vor sich, der Wind zerrt an den Blättern. Ohne Vorwarnung geht auf einmal ein Wolkenbruch nieder, als würde Großmutter den Waschtrog auskippen. Während sich die Haarknoten der Frauen auflösen, der verlaufende blaue Lidschatten in ihren Gesichtern hydrologische Landkarten bildet und die hohen Absätze im Morast, der umgehend auf dem Marktplatz entstanden ist, ins Rutschen kommen, hört der Direktor nicht auf zu reden. Das Staatslenkerdenkmal reckt schweigend einen Arm gen Himmel. Nami ist sofort bis auf die Haut durchnässt, von seinem roten Fähnchen sind nur der Stab und ein paar Bächlein aus roter Farbe auf dem Unterarm übrig. Der Marktplatz hat sich in einen Sturzacker verwandelt, die Menschen stehen bis zu den Knöcheln im Schlamm, der ihnen die Schuhe auszieht. Der Junge im Tretauto ist im Schlick versackt und heult. Großvater legt den Kopf in den Nacken und lässt sich den Regen ins Gesicht fallen. Der Platz ist leicht abschüssig, und es dauert nicht lange, bis die Jungen feststellen, dass man in dem Matsch wunderbar schlittern kann.

Akel versucht verzweifelt, seinen unaufhaltsam bergab rutschenden Stand zum Stehen zu bringen. Die Krapfen kullern über das geneigte Pult und fallen in den Dreck.

»Die Apokalypse«, nuschelt Großvater, der langsam wieder nüchtern wird.

Vom Himmel ergießt sich nach wie vor das Wasser, und das Tretauto läuft allmählich voll. Der Direktor hört selbst dann nicht auf zu reden, als das Mikrofon endgültig seinen Geist aufgibt. Es ist wie ein Stummfilm, abgesehen vom Rauschen des Regens und dem Donner, der von Zeit zu Zeit ganz in der Nähe rumpelt, sodass Großmutter jedes Mal zusammenzuckt und erschreckt zum See schaut. Der Schamane hält sein Stirnband fest und schreitet majestätisch davon. Erst dann setzt sich die Menge schleppend in Bewegung. Der Direktor lässt langsam die Hand mit dem Mikrofon sinken, das Wasser rinnt ihm in den Kragen seines Sakkos und unters Hemd. Vorwurfsvoll blickt er zum Himmel. Nami kann sich nicht helfen, er wird von einem unbeherrschbaren Lachkrampf gepackt, es schüttelt ihn regelrecht. Großmutter wirft ihm böse Blicke zu, aber Nami gackert nur umso hysterischer und hört auch nicht auf, als Großmutter ihn an der Hand nach Hause zerrt.

Er verstummt erst, als er über die Hausschwelle tritt und Großmutter ihm einen Klaps auf die nassen Schenkel gibt. Trotzdem hat er noch bis spät in die Nacht Schluckauf.

Das Jahr ist sehr fischreich gewesen.

Manchmal wird Nami morgens wach, und die Sonne scheint bereits durchs Fenster in sein Bett. Es müssen Ferien sein, ansonsten hätte Großmutter ihn längst geweckt. Draußen ist es vermutlich schon wärmer als drinnen; aus der Küche hört Nami Großvaters ächzenden Raucherhusten und in der Ferne das Tuten eines Schleppers. Nami streckt Arme und Beine weit von sich und starrt an die Decke, wo Thymian und Frauenmantel zum Trocknen hängen. So könnte er den Rest seines Lebens verbringen. Als er sich im Bett aufsetzt, kann er bis zum See schauen. Er reckt sich und zieht sich an. Auf dem Küchentisch stehen für ihn mit einem Teller zugedeckte Krapfen bereit, die Großmutter zum Frühstück frittiert hat, mittlerweile sind sie nur noch lauwarm. Nami rennt nach draußen, fest entschlossen, dass er es diesmal schafft, sich ein Baumhaus zu bauen, nicht wie beim letzten Mal, als sein Bauwerk abgesackt ist und er sich den Rücken aufgeschürft hat.

Der einzige Baum weit und breit ist eine Kirsche, deren rotbrauner Stamm von einem Blitz getroffen wurde und an der die Hälfte der Äste verdorrt sind. Nami zerrt ein paar ungleich große Bretter hinauf. Sie kommen ins Rutschen und fallen wieder hinab, sodass er sie mit einer Leine festmachen muss. Großvaters Zimmermannshammer, mit dem er sie festnagelt, wiegt mindestens fünf Kilo. Der Baum ächzt, die Äste wackeln, die

Bretter rutschen weg und sträuben sich, am Ende fährt der Nagel ohne Widerstand durchs Holz.

»Verdammt!«, schreit Nami wütend und schmeißt den Hammer auf die Erde.

»Was machst du denn da, Junge?«, brüllt Großvater, der gerade aus dem Klohäuschen kommt. »Elender Rotzbengel, ein Glück, dass du keinen Vater hast, der dich verdreschen könnte!«

Nami überlegt und malt sich aus, wie ihm sein Vater eine Tracht Prügel verpasst. Die Vorstellung findet er schön.

»Den einzigen Baum macht er uns kaputt, als hätte der nicht schon genug durchgemacht«, posaunt Großvater in Großmutters Richtung, die eine Hand in die Hüfte gestemmt hat und mit der anderen die Augen abschirmt, um nach Nami Ausschau zu halten. Der sitzt auf dem Boden hinterm Schuppen und schlägt Steine kaputt. Er hebt den schweren Hammer über seinen Kopf, lässt ihn aus der Höhe fallen und schließt die Augen. Immer wieder, bis ihm der Schweiß in Strömen über die Stirn rinnt und der Stein zu Staub zermalmt ist. Das befriedigt ihn. Verwundert schaut er auf seine Handflächen, auf denen sich nun große Blasen gebildet haben. Er schmeißt den Hammer ins Gras und rennt zum See, um sich im Wasser den Staub abzuwaschen.

»Komm her, du Bastard, ich schlag dich windelweich!«, ruft Großvater ihm hinterher. Nami läuft. Großvater würde ihn niemals einholen, das weiß er.

»Ich weiß nicht, aber ich finds seltsam, dass sie das

Fischverarbeitungswerk direkt neben die Aufzuchtanlage gebaut haben«, philosophiert die Nachbarin Alea. »Ich weiß, dass Fische nur ein kleines Gehirn haben, aber trotzdem. Das ist, als ob sie den Friedhof gleich neben der Geburtsklinik anlegen, oder etwa nicht?«

»Gieß uns Schardonee nach, Junge«, fordert Großmutter, und Nami füllt ihre Gläschen mit Kartoffelschnaps auf. Sie streicht mit der Hand über die Plastiktischdecke, seufzt und blickt in die Ferne.

»Und irgendwie gibt es wenige – sie krepieren alle«, sinniert Alea weiter.

»Wer?«, fragt Großmutter abwesend. Heute rollen sie und Alea gemeinsam den Teig für den Burek aus, eine Lage nach der anderen, sie bestreichen sie mit einer Schicht Butter und darauf kommt die nächste Lage. Statt Nudelhölzern haben sie einen Meter lange Stangen, die gleichen wie in der Schulturnhalle. Großmutter schnauft, stemmt die Fäuste in die Hüften und biegt den Rücken durch.

»Na die Störe«, antwortet Alea beleidigt.

Das Haus ist blau gestrichen, hat ein weißes Dach und Türen aus hartem Akazienholz. Durch ein Loch im Dach fallen bei schönem Wetter Sonnenstrahlen herein, bei Regen die Wassertropfen. Zwischen den alten Fußbodendielen leben kleine Schlangen, aber die sind harmlos, vor menschlichen Schritten verziehen sie sich zurück in ihre Ritzen. Großmutter sagt, dass sie das Glück im Haus halten, und gießt ihnen Milch in eine Schale.

Von der kleinen Anhöhe, auf der das Haus steht, hat man Ausblick auf den See und die Schiffe, die in den

Hafen zurückkehren. Zum Podest mit dem Geländer führt eine Stufe hinauf. Dort sitzt Großmutter immer und hält Ausschau nach den heimkehrenden Männern. Sie strickt, stickt, schneidet Gemüse fürs Abendessen, schält Kartoffeln, entkernt Kirschen mit einer Haarklemme, empfängt Besucher.

»Das gefällt mir nicht«, sagt sie müde. Am Horizont, wo der See endet, sammeln sich schwere Wolken, die normalerweise ein Gewitter verheißen.

»Mal den Teufel nicht an die Wand, Alte!«, fährt Alea sie an. »Gieß uns noch Schardonee ein, Nami. Die Wolken aus dem Osten haben wir hier jeden April.«

Großmutter seufzt und streut Schafskäsebrocken auf die Teigschicht. »Schau, der Geist zieht ein grimmiges Gesicht. Er ist immer noch wütend.«

»Sei still.«

»Es war noch nicht genug.«

»Ruhe jetzt!«

»Er will immer noch mehr!«

Der Himmel lastet jetzt wie Blei auf dem See, die wuchtigen Wolken legen sich schwer über den gesamten Horizont und erinnern an einen alten, dicken Mann, der sich in der Hochzeitsnacht auf seine frisch gebackene Ehefrau schiebt. Nami sammelt im Garten Schnecken ein und bringt sie alle an eine Stelle. In seiner Schneckenschule setzt er sie paarweise auf Bänke, guckt böse und ermahnt sie, wenn sie die richtige Antwort nicht wissen. Manchmal kommt auch der Rohrstock zu Wort.

»Ich hab Angst, Alea«, sagt Großmutter leise und lässt die Arme hängen.

»Ich doch auch, du dumme Gans«, erwidert Alea und umarmt sie. Die Frauen werden zur Statue, sie hängen zusammen, pressen sich mit aller Kraft aneinander, zittern, zum wievielten Male schon. Irgendwann einmal wird jemand das Denkmal einer Fischersfrau erschaffen, die mit der Hand über den Augen zum Horizont blickt, ganze Scharen von Frauen, deren rechter Arm ein bisschen muskulöser ist vom dauernden Ausschauhalten.

»Lauf und hol schnell den Schamanen, Nami«, ruft Großmutter.

»Du gehst nirgendwohin, Nami, deine Großmutter ist betrunken«, ruft Alea. Nami streicht sich mit den Händen über die Oberschenkel und wartet auf weitere Anweisungen.

»Er kommt zurück, wie immer, du Dummchen. Werd nicht hysterisch«, sagt Alea und streichelt Großmutter ungeschickt übers Handgelenk.

Als Großmutter den Burek aus der Backröhre holt, fallen schon die ersten Tropfen. Sie kauen gemeinsam den fettigen Teig und schauen aus dem Fenster durch die herabströmenden Wassermassen, niemand sagt mehr etwas.

Nami liegt auf dem Boden seines Zimmers im ersten Stock und zeichnet mit Großvaters violettem Kopierstift in seinen Block. Der Regen peitscht gegen die Fensterscheiben, und der Wind schleudert unermüdlich eine lose Plane gegen den Schuppen. Nami hat das Transistorradio an und hört die gleiche Sendung wie jeden Abend; eine ruhige Frauenstimme trägt für Seeleute und Fischer monoton die Wettervorhersage für die nächsten vierundzwanzig Stunden vor. Die angenehme, satte Altstimme spricht von Windgeschwindigkeiten und voraussichtlichen Niederschlägen und Bewölkungsdichten für die einzelnen Bereiche des Sees. Sie redet von einem Orkan der Stärke zehn auf der Beaufort-Skala mit derselben Ausgeglichenheit wie von einem Lufthauch, der das Laub zum Rascheln bringt, und das beruhigt Nami. Er legt den Kopf auf den Boden und schläft ein. Als er am Morgen aufwacht, ist der Himmel wie blankgeputzt und die Sonne brennt. Nami fühlt sich zerschlagen und hat Hunger. Er geht hinunter zum Frühstück. Als er seine Hände ansieht, stellt er fest, dass sie vom Kopierstift ganz violett sind. Auf dem Küchentisch brennt eine Kerze. Großmutter sitzt in der Ecke, mit dem Rücken gegen die Wand gelehnt, und starrt vor sich hin.

Großvater ist weg, Aleas Mann auch und dazu noch sechs weitere Fischer.

Nami sitzt bei der Bushaltestelle auf dem Fußweg, die Beine auf der Fahrbahn.

»Was machst du?«, fragt Alex. Alex ist Aleas Sohn, sein Vater ist zusammen mit Namis Großvater auf dem See umgekommen. Genau wie seine Mutter hat Alex hat rote Haare und Sommersprossen.

»Ich schieß Russen ab«, antwortet Nami unaufgeregt und wischt sich die Nase an seinem Ärmel ab.

Auf der Landstraße nähert sich ein russischer Jeep und wirbelt Staub auf. Der Fahrer raucht und macht ein finsteres Gesicht. Als er vorbei ist, hebt Nami sein imaginäres Maschinengewehr, kneift ein Auge zu und verpasst dem

Jeep eine Salve von rechts nach links und wieder zurück.

»Der ist Kleinholz«, nickt Alex und setzt sich zu ihm. »Saubere Arbeit.«

Arbeit gibt es wenig, die Landstraße ist überdimensioniert und es herrscht kaum Verkehr, außer am Tag des Friedens und am Tag des Fischfangs. Ab und zu fährt ein Laster auf dem Weg in die Fischfabrik vorbei oder ein Schwertransport auf dem Weg in den Hafen. Ein paar Jeeps, zwei-, dreimal am Tag der Bus. Am Morgen eine Schafherde Richtung Osten, am Nachmittag zurück

Sie arbeiten jetzt zusammen, Nami schießt mit dem MG, Alex wirft Handgranaten, die beiden ducken sich jedes Mal vor der Detonation weg. Triumphierend klatschten sie ab, wenn die Explosion spektakulär ist und menschliche Körperteile und Ausrüstungsgegenstände durch die Luft fliegen. Nami rotzt zufrieden auf den Boden. Die Spucke rollt davon und hüllt sich in eine Staubschicht, bis sie vor einem Paar weißer Turnschuhe zum Stehen kommt.

»Wenn ihr auf Russenautos schießt, kriegt ihr aufs Maul und eure Eltern werden erschossen«, sagt der Kopf über den Turnschuhen. Er gehört zu einem Mädchen, sie ist aus der neuen Mädchenschule am Marktplatz und vermutlich im gleichen Alter wie sie, neun oder zehn Jahre. Im Haar trägt sie eine große gelbe Schleife.

»Ich hab keine Eltern«, antwortet Nami und kneift die Augen zusammen.

Das Mädchen guckt eine Weile, dann zuckt sie mit den Schultern und geht weiter.

»Die würd ich bumsen«, verkündet Alex und nickt.

»Deine Großmutter würdest du bumsen«, sagt Nami und spuckt noch einmal in den Staub.

Sie beobachten, wie ein halb beladenes Container-schiff den Hafen verlässt.

»Ich hab die komplette Nacht gereihert«, sagt Alex weltmännisch.

»Warst du im See baden?«, fragt Nami.

»Mhm, den ganzen Nachmittag.«

»Ich muss auch nach dem Baden kotzen.«

Das Mädchen mit der Schleife ist nicht mehr zu se-hen. Der Himmel dröhnt, und kurz danach fliegen drei Düsenjäger vorbei. Beide Jungs richten ihre Waffen auf sie und schießen die Jets ab. Dann spucken sie anerken-nend aus.

Auf dem Hügel oberhalb des Hafens stehen zu beiden Seiten der staubigen Piste Fischerhäuschen, am Ende des Wegs ein Stand mit Heringen und ein zweiter mit Son-nenblumenkernen. Im Sommer kommt auch ein Zu-ckerwatteverkäufer, der die ganze ehemalige Kneipe am Straßenende mietet. Die Häuser sind solide, aus Stein, meist ebenerdig, nur ein paar – einschließlich das von Nami und seiner Großmutter – haben noch ein Ober-geschoss. Die Gegend wird »In den Fischerhütten« ge-nannt und ist das inoffizielle Herz der Stadt.

Westlich von den Fischerhütten liegen Zweckbau-ten – Poliklinik, Kulturhaus, Post, Schule – und die Häu-ser der übrigen Einwohner, errichtet ohne klare städte-bauliche Absicht. Selten formen sie eine Straße, sie scheinen zufällig aus dem Boden gewachsen zu sein, oft regelrecht überraschend. Im Osten befinden sich die russischen Plattenbauten für die Ingenieure samt dem merkwürdigen Marktplatz und dem Staatslenkerdenkmal, noch weiter Richtung Wald, der den Bauarbeiten zum Teil weichen musste, steht die Kaserne.

Von den Plattenbauten aus der Ferne hört man eine Ziehharmonika und alkoholisiertes Gejohle. Die Wohnblocks wurden für die Russen gebaut, einige wenige stehen im rechten Winkel zueinander, mit eingebauten Wodka-Schränkchen in den Wohnungen, so erzählt man sich zumindest in Boros, ein Einkaufszentrum mit Kino und ein Hotel mit Schwimmbad. Mit Schwimmbad! Zwischen den Plattenbauten stehen schräg einbetonierte Metallstangen mit Leinen, an denen bunte Wäsche zum Trocknen hängt, riesige BHs und Liebestöter in einer schwer bestimmbaren Farbe. Die Uniformen auf der Leine flattern im Wind, nur in bestimmten Augenblicken halten sie mitten im Flug inne, um dem Staatslenkerdenkmal ehrfürchtig ihren militärischen Gruß zu entbieten.

»Die Russen feiern, das wird in der Nacht wieder ein Hallo geben«, seufzt Großmutter, während sie ihre rissigen Fußsohlen mit Kamelfett einreibt. »Ich hoffe, dass sie wenigstens nicht wieder schießen.«

»Nein«, sagt Nami. »Das sind die Ingenieure aus den Plattenbauten, nicht die Hohlköpfe aus der Kaserne.«

»Das ist einerlei. Gieß mir Schardonee ein, Täubchen.«

»Oma.«

»Hm?«

»Meine Knochen tun weh, vor allem nachts. Ich wach davon auf.«

»Welche denn, mein Täubchen?«

Nami fährt mit den Händen über beide Schienbeine. »Hier.«

»Machst du vielleicht was Schlimmes? Unter der Bettdecke? Nicht? Wenn du das nämlich machst, dann ist der Schmerz die Strafe dafür.«

»Ach Oma.«

»Ich meine ja nur, falls.«

»Oma, das ist peinlich.«

»Was heißt hier peinlich … Schweinkram machst du mir jedenfalls nicht! Nimm die Beinwurz-Salbe aus dem Regal und reib dich ein.«

Nami steht auf und gießt Großmutter Schnaps nach. Dann sucht er im Regal zwischen den Bechern herum.

»Das hier?«

»Das ist Wagenschmiere, du Dussel. Daneben … die violette Schachtel vielleicht … Mach mal auf.«

»Das stinkt nach Beinschmerzen.«

»Dann wirds das Richtige sein.«

Nami schmiert sich langsam die übelriechende Substanz auf die Schienbeine und massiert sie gründlich ein.

»Bist du dir sicher, dass das hilft?«

»Du bist dürr wie dein Großvater, Täubchen«, nickt Großmutter und verstummt.

»Kein Mensch sagt dir vorher, wie traurig dir ohne ihn zumute sein wird«, seufzt sie nach einer Weile dramatisch.

Nami runzelt die Stirn, der Gestank der Salbe raubt ihm den Atem. »Dabei war er doch immer so gemein zu dir. Hat dich gehauen. Beim letzten Mal hat er dir einen Zahn ausgeschlagen, weißt du das nicht mehr?«

Großmutter winkt ab. »Wenn er jetzt zur Tür reinkommen würde, würde ich ihm von mir aus das Gesicht hinhalten, damit er mir noch einen ausschlägt.«

Nami schüttelt den Kopf, sagt aber nichts, er merkt, dass Großmutter geräuschlos weint und sich mit ihren schmutzigen Fingern die Tränen aus dem Gesicht wischt.

»Alleinsein ist das Allerschlimmste auf der Welt«, schluchzt sie noch.

Großmutter wird oft und gern sentimental, Nami macht das inzwischen nichts mehr aus. Außerdem ist Alleinsein für ihn das Allerbeste.

»Der Arme. Wenigstens liegt er im See und nicht irgendwo in der Wüste.«

»Oma, warum hab ich keine normalen Eltern? Wo ist mein Vater, und meine Mutter?«

Großmutter hört ihn nicht.

»Oma! Wo ist die Frau, die mal mit uns am See war, als Opa mich reingeschmissen hat, weil er mir Schwimmen beibringen wollte? Sie hatte einen roten Bikini an und hat meinen Kopf gehalten, als ich mich übergeben musste.«

Großmutter wirft trotzig den Kopf zurück, wie Nami das selbst manchmal tut, wenn er der Lehrerin erklären soll, warum er seine Hausaufgaben nicht gemacht hat. Sie schaut dabei auf ihren Handrücken, der mit winzigen Ekzemröschen übersät ist.

»Da hast du was geträumt. Vielleicht Alea, die ist manchmal mit uns baden gewesen.«

»Unsinn.« Er wirft den Kopf zurück. »Alea ist dick, sie hat rote Haare und stinkt nach Fisch.«

»Zeit zum Schlafengehen«, sagt Großmutter. »Scher dich ins Bett, damit du morgen nicht zu spät in die Schule kommst, heute hab ich dich überhaupt nicht wach gekriegt.«

Nami seufzt und steht auf. Er beugt sich vor und rollt die aufgekrempelten Hosenbeine wieder hinunter. Großmutter merkt, dass ihm die Hose zu kurz ist, sie geht kaum noch bis zu den Knöcheln, aber sie sagt nichts.

»Und wasch dir den Mund mit Seife, du ungehöriger Bengel«, ruft sie ihm hinterher.

Fast jeden Tag trifft er nun auf dem Rückweg aus der Schule das Mädchen mit der gelben Schleife. Obwohl die Schleife manchmal blau oder gepunktet ist. Beide senken den Blick und gehen aneinander vorbei, ohne sich anzusehen. Namis Kehle schnürt sich jedes Mal ein bisschen zusammen.

»Ich wette, das is 'ne super Ficke«, sagt Alex und Nami kümmert sich wie immer nicht darum. Er kauft sich an Akels Stand geröstete Sonnenblumenkerne, setzt sich an der Bushaltestelle auf den Fußweg und spuckt die Schalen auf die Straße.

»He, ihr Sportskanonen«, rufen zwei Jungen, die sich schon rasieren müssen. Sie sind Schüler in einem der höheren Jahrgänge, deren Mütter und Väter sich wünschen, dass sie gute Noten schreiben und es an die Marineakademie schaffen, doch meist sind es Dumpfbacken, die genauso auf Fischerbooten landen wie ihre Väter.

»He, ihr Sportskanonen, wollt ihr bumsen?«, fragt einer und schnippt in einem gut eingeübten großen Bogen seinen Zigarettenstummel quer über die Straße.

»Kommt drauf an«, sagt Alex vorsichtig und blinzelt nervös.

»Und du?«, sagt der Hohlkopf und tritt Nami leicht gegen den Fuß. »Du hast noch nie eine gebumst, oder?«

»Hab ich, nämlich deine Mutter.«

Der zweite Hohlkopf muss lachen.

»Na gut, wenn ihr keinen ordentlichen Fick erleben wollt …«, sagt der erste wütend. Sein Gesicht ist ein großes Aknefeld.

Sie gehen durch die Stadt, es weht trockener Nachmittagswind aus der Wüste, wo die Kamele brüllen. Von der Hitze haben alle eine schweißnasse Stirn. Sie gehen durch die russischen Plattenbauten, am Fischkombinat und den Trockendocks vorbei und dann über den Hang ins Zigeunerviertel. Nirgends ein Mensch, nur vor einer Holzhütte sitzt eine alte Frau mit einem Kopftuch und raucht Pfeife.

»Also eine Zigeunerin, ja?«, flüstert Alex anerkennend. Nami trödelt in einigem Abstand hinterher, die Hände in den Taschen. Die Hohlköpfe grinsen ungeduldig und zwinkern sich gegenseitig zu.

»Da ist es.« Akne zeigt auf das einzige Steinhaus in der Gasse. Das Grundstück hat ein Eingangstor, aber keinen Zaun.

»Heh!«, ruft der zweite Hohlkopf und ein rostroter

Hund, der auf der Schwelle geschlafen hat, hebt den Kopf und springt auf.

»Na, du verlauster Fellbatzen? Passt du schön auf?«, lacht Akne.

Der Hund fängt wütend an zu kläffen und stürmt auf sie los.

»Weg hier!«, schreit Nami und alle vier rennen zurück durch die Zigeunergasse. Die beiden anderen springen auf ein Fuhrwerk, das vor einer Hütte steht, und lachen wie Geisteskranke. Nami und Alex sprinten weiter, der vor Weißglut kochende Hund ist ihnen auf den Fersen. Die alte Zigeunerin ruft ihnen etwas hinterher. Nami hat Angst, dass ihm der Hund die Hose zerreißt und Großmutter durchdreht.

Alex schaut sich um und stolpert.

»Scheiße!«, schreit er.

Der Hund ist im nächsten Moment auf ihm, umklammert mit den Vorderpfoten seinen Oberschenkel, macht einen Buckel und fängt an, mit Alex' Schienbein zu kopulieren.

»Nami, oh Gott, mach den weg!«, schreit Alex. Der Hund guckt dümmlich, und die Zunge hängt ihm aus dem Maul, aber er bellt nicht mehr, er rödelt nur schnell und mechanisch. Nami bleibt stehen und schaut seinem Freund mitleidig zu. Die beiden Hohlköpfe wiehern, bis ihnen die Tränen kommen. Einer fällt vor Lachen vom Fuhrwerk.

»Na, wie gefällt dir der Fick? Mal was Ordentliches, oder?«, ruft er und verschluckt sich.

Der Hund hat sich erleichtert und läuft weg. Er steht

hechelnd ein Stück entfernt und guckt immer noch so dümmlich, geistesabwesend stiert er Alex an. Nami wirft einen Stein nach dem Hund, der jault auf vor Schmerz und Überraschung und rennt davon. Als Alex aufsteht und fortgeht, zieht er sein geficktes Bein nach, als würde es nicht zu ihm gehören.

Die zwei Hohlköpfe warten manchmal auf Nami, wenn er zur Schule geht. Sie sind einen Kopf größer als er, aber Nami ist schneller. Meist schafft er es, vor ihnen abzuhauen. Wenn nicht, schnappen sie ihn, einer hält ihn fest und der andere begrabscht ihn im Schritt. Dann lassen sie ihn los und treten noch ein-, zweimal nach ihm.

»Ihr Schwulis!«, ruft Nami ihnen hinterher, wenn er sich den Staub von der Hose abklopft. »Hundeficker!«

Am Tag, als Nami vor dem Spiegel das erste Barthaar in seinem Gesicht entdeckt, rasiert er es resolut mit Großvaters Klinge ab und schneidet sich. Das hält ihn auf, verspätet bricht er zur Schule auf, sodass er keine Zeit hat, einen Bogen um die Plattenbauten zu machen, damit er den Hohlköpfen nicht begegnet. Sie erwarten ihn schon. Breitbeinig stehen sie mitten auf der staubigen Piste, die Hände in den Taschen, fieser Blick. Die Schule ist in Sichtweite, aber zu weit entfernt.

»Verpisst euch, ihr Schwulis, ich habs eilig«, schreit er und legt einen Zahn zu, um zwischen ihnen durchzurennen. Akne stellt Nami ein Bein und er segelt durch die Luft, fällt auf die Unterarme und schürft sie sich schmerzhaft auf. Bevor er auf die Beine kommt, sitzt Akne schon auf seinem Rücken.

»Steig ab, du Arsch, ich komm zu spät in die Schule.«

Akne liegt auf ihm und flüstert ihm erregt etwas ins Ohr. Nami spürt seinen warmen Atem am Hals.

»Steig runter, Schwuli, du stinkst aus dem Maul, ich muss gleich kotzen.«

»Komm heut Abend in die Non-Stop-Bar, Bubi, wir versuchen mal rauszufinden, welcher von den Stammgästen dein Vater ist.«

»Hau ab.«

»Deine Mutter hat nämlich mit denen allen gevögelt.«

»Ich hab keine Mutter, du Schwachmat.«

»Was?«

Akne ist so verwirrt, dass er die Umklammerung lockert.

»Was redest du da für ne Scheiße?«

Nami reißt sich los und springt auf die Füße. Doch Akne hält Namis Heftbündel und schwenkt es vor seinen Augen.

»Ich hab keine Mutter, du Schwachmat«, sagt Nami noch einmal mit einem vor Genugtuung triumphierenden Lächeln.

Akne dreht sich halb ungläubig halb amüsiert zum zweiten Hohlkopf um.

»Der glaubt, dass er keine Mutter hat. Kapierst du das?«

Der Hohlkopf lacht laut los.

»Und wie glaubst du, dass du auf die Welt gekommen bist, Mister Superschlau?«

»Wahrscheinlich einem Kamel aus dem Arsch

gerutscht.«

»Genau, oder durch Zellteilung, aus irgendeinem Dödel.«

Nami schweigt, sein Lächeln ist weg.

»Der Doofi weiß es nicht.«

»Na und? Weiß ich's eben nicht.«

»Jemand hätte es ihm sagen sollen.«

»Ihr Schwulis.«

»Deine Mutter war so eine Nutte, die hat sich von jedem durchnudeln lassen, der einen Pimmel hatte.«

»Idioten.«

Nami greift sich seine Hefte, Akne lässt los, es ist vorbei. Nami läuft weiter zur Schule, er sieht, wie die Tür zugeht, aber er hat es nicht mehr eilig. Er setzt sich auf die Stufen vor dem Gebäude und malt mit einem Stock im Staub herum. Beide Hosenbeine sind an den Knien aufgerissen.

Die Non-Stop-Bar ist eine Betonkiste, die mehr nach Trafohäuschen aussieht, und früher war sie auch mal eins. An den Wänden hängen ein paar zerbrochene Keramik-Isolatoren, aus denen noch die abgerissenen Drähte ragen. Von der NON-STOP-Neonreklame leuchten nur noch die ersten drei Buchstaben. Die Tür steht permanent offen, im Rahmen hängt ein Vorhang aus zurechtgeschnittenen Gummistreifen als Schutz gegen die Fliegen. Drinnen riecht es nach schalem Alkohol und schwerem feuchten Tabakrauch, draußen nach Hektolitern von vergossenem Urin.

Wenn zum Abend hin die Sonne aufhört, auf die ausgedörrte Erde herabzubrennen, und hinter dem Koloss-Hügel versinkt, wenn die Wespen nicht mehr nerven, kommen die Kerle mit ihren Flaschen und dem billigen Tabak heraus und setzen sich vor der Bar an die Plastiktische mit den von vergessenen Zigaretten hineingebrannten Löchern.

Nami geht nun öfters zur Non-Stop-Bar. Er sitzt zwischen Büscheln aus trockenem Gras, kaut Sonnenblumenkerne und spuckt die Schalen in den Wind. Nach ein paar Tagen laden ihn die Männer ein, zu ihnen zu kommen, und der alte Karal kauft ihm einen Schnaps. Nami trinkt ihn und amüsiert dann die Anwesenden mit seinen Gleichgewichts- und Artikulationsproblemen, bis er über einen Bierkasten stolpert und hinfällt.

»So sind meine Kamele krepiert«, seufzt Karal, als er aufgehört hat zu lachen, und breitet die vom Ekzem verunstalteten Arme weit aus. »Ganz genau so: Nachdem sie Gras gefressen hatten, haben sie angefangen zu wanken, dann sind sie hingefallen und nicht wieder aufgestanden. Es hat mehrere Tage gedauert, bis sie hinüber waren, sie haben gewürgt und gebrüllt, als wären sie verletzt. Ich musste sie dann abstechen, um die Qualen zu beenden.«

Karal verstummt und wischt sich über die Augen.

»Das Gras ist durch und durch versalzen«, sagt jemand. »Dem Vieh wird schlecht davon.«

»Fünfzig Kamele, könnt ihr euch das vorstellen?«, fängt Karal wieder an. »Ich hatte eine Mitgift für alle Töchter, und jetzt ist mir nur der nackte Arsch geblieben.«

Es wird still. Die Männer sehen in die Richtung, wo früher der Hafen war, und nehmen einen Schluck Schnaps. Im Dunkeln glimmt hier und da ein roter Punkt auf, wenn sie an ihren Zigaretten ziehen.

»Die Fischfabrik stellt keinen mehr ein«, verkündet ein Alter mit nur einem Auge.

»Du Schlaumeier, die Fischfabrik entlässt schon seit zwei Jahren Leute. Und die Aufzucht machen sie wahrscheinlich ganz dicht.«

»Junge«, wendet sich einer an Nami. Der liegt immer noch am Boden und betrachtet den Sternenhimmel, der unruhig über ihm schaukelt. »Junge, geh zum Kiosk und hol mir Heringe.«

Nami erhebt sich langsam auf alle Viere und übergibt sich. Das Erbrochene rinnt im Staub zwischen seinen Händen hindurch.

»Genauso haben meine Kamele gekotzt!«, schreit Karal.

»Zu wem gehört denn der Junge?«, fragt die Wirtin, die herausgekommen ist und mit verschränkten Armen im Türrahmen lehnt. Sie trägt die schwarze Witwenschürze, um ihr speckiges Gesicht herum stehen die widerspenstigen weißen Haare nach allen Seiten ab.

»Marina, bring mir noch ne Pulle«, ruft jemand, aber sie ignoriert ihn.

»Zu wem gehörst du denn, Junge?«

»Junge, hol mir Heringe«, schreit wieder jemand und muss husten.

»Der Fischer Peter war mein Großvater«, hickst Nami und wischt sich den Mund ab.

Schweigen macht sich breit.

»Das ist der Sohn von der Schlampe«, sagt Karal. Immer noch sagt sonst keiner was, aber die Männer fangen an zu hüsteln.

»Komm«, sagt die Wirtin und streckt eine fleischige Hand nach ihm aus. »Komm mit rein. Deine Großmutter wird sich Sorgen machen. So, setz dich hier hin und bleib sitzen.« Mehr oder weniger mit Gewalt drückt sie ihn auf einen Stuhl im Innern der Non-Stop-Bar. Hinter dem Tresen brennt schwaches Licht, dazu strahlt das schlecht ausgeleuchtete Bild von einem Heiligen. Aus dem Radio kommt leise Musik, die Namis Magen wieder zum Schaukeln bringt.

Die Wirtin lässt ihm ein Glas Leitungswasser ein, gibt eine Prise Salz dazu und rührt um.

»Da, trink. Wie alt bist du?«

»Vierzehn« lügt Nami.

Er nimmt einen Schluck und spuckt das Wasser wieder aus. »Pfui, das ist ja eklig!«

»Trink, dann gehts dir besser.«

Nami trinkt das Glas leer. Mit größter Überwindung schafft er es, den Inhalt bei sich zu behalten.

»So, und nun ab nach Hause, Täubchen. Deine Großmutter macht sich bestimmt schon Sorgen um dich.«

»Du kennst meine Mutter?«

Die Frau richtet sich auf. Die draußen machen Radau. Der einäugige Alte steht an der Tür zwischen den Gummistreifen und fragt, was los ist.

»Die habe ich gekannt, Täubchen. Ein schönes Mädchen, wie eine Porzellanpuppe.«

»Was ist mit ihr passiert?«

Die Frau zuckt mit den Achseln.

»Du weißt es!«

»Beruhige dich. Ich weiß nicht, was mit ihr passiert ist, wahrscheinlich ist sie in die Stadt, was sonst?«

»In was für eine Stadt?«

»In die Hauptstadt, natürlich? Da gehen alle hin. Junge, du bist genauso dreimalgescheit wie dein alter Großvater.«

»Bin ich nicht!«

»Hauptsache, du reiherst hier nicht rum.«

Nami spürt erneut Brechreiz. Vorsichtig steht er auf, hält sich am Tisch fest.

»Wie heißt sie?«

»Du, frag deine Großmutter.«

Nami macht ein finsteres Gesicht.

»Gott steh dir bei«, sagt sie leise hinter seinem Rücken. »So ein kräftiger, junger Kerl. Du solltest von hier weggehen, solange du noch kannst.«

Als Nami zu Hause ankommt, ist alles dunkel. Er schaut nach, ob der Hühnerstall verriegelt ist, geht vor der Tür noch einmal pinkeln und schlüpft leise ins Haus. Großmutter schnarcht laut, mit langen Atemaussetzern.

In der Bucht rostet die russische Kriegsflotte vor sich hin: zwei Schlachtschiffe, zwei Zerstörer, ein Tanker, ein Feuerlöschboot und mehrere Küstenschutzschiffe; außer einem Minenjäger, der unerklärlicherweise aufrecht im trockenen Schlamm steht, liegen alle auf der Seite. Nicht einmal mehr die Kinder in der Stadt interessieren sich für die tote Flotte; sie sind bereits gründlich darin herumgeklettert, jetzt interessiert's keinen mehr.

Die sechsten Klassen kommen beim alljährlichen Ausflug ins Museum dort vorbei, ohne auf die Wracks zu achten; sie sind genauso zum Bestandteil der Landschaft geworden wie der Koloss-Felsen oder das Staatslenkerdenkmal mit dem erhobenen Arm bei den russischen Plattenbauten. Das Museum interessiert auch keinen mehr, von der ersten Klasse an wird es jedes Jahr besucht, es ist die einzige Sehenswürdigkeit in der Stadt, wenn man die Zirkusgastspiele nicht mitrechnet, doch wann die stattfinden, lässt sich nicht vorausahnen.

Zwischen den Fotos von den Abfischfesten, auf denen man sieht, dass zu Feierlichkeiten damals noch das ganze Dorf in Tracht zusammengekommen ist, zwischen den Porträts von Häuptlingen in den traditionellen Anzügen aus feinem Leder samt ihren Lieblingskamelen mit dem bestickten Zaumzeug und dem schlecht ausgestopften Bären steigt Nami ein bekannter Duft in die Nase, das leichte Aroma von wildem Oregano und gelber Melone. Die Schleife, heute in strahlendem Türkis, schwebt durch die Ausstellung von traditionellen Waffen, Speeren und Harpunen aus Eibenholz, sie kratzt sich am Ekzem auf ihren Händen und schaut verstohlen zu ihm herüber. Nami spürt so etwas wie tiefe Sehnsucht, ein schmerzhaftes Gefühl ähnlich dem herzzerreißenden Schmachten eines jungen Hengstes. Das Mädchen lächelt ihn an, und er senkt rasch den Blick. Mit den Augen sucht er Alex; er ist dort, wo es im Museum immer zu den größten Zusammenrottungen kommt: bei den Archivfotos traditioneller Fischerinnen, die nackt und mit Harpune ins Wasser gegangen sind und auf einem Pier stolz ihren frischen Fang präsentieren. Großmutter hat Nami vor jedem Museumsbesuch angezwinkert und ihm die Aufgabe gestellt, sich die Fotos gut anzuschauen und sie darauf wiederzufinden. Nami ist sich jedes Mal sicher, dass ihn Großmutter einfach nur gefoppt hat, denn zwischen den statuenhaften, von der Natur beschenkten jungen Frauen auf dem Foto ist keine, die seiner übergewichtigen alten Großmutter auch nur ansatzweise ähnlich sieht.

»Heute fischt niemand mehr so«, rattert die Museumsführerin ihren Text herunter. »Wir haben für den Fischfang viel modernere und leistungsfähigere Technik als Speere aus Eibenholz. Kollektivtechnik! Wisst ihr denn, warum man Eibenholz verwendet hat?«

Alle wissen es, alle haben es schon viele Male gehört. Umso beharrlicher schweigen sie.

»Auf jeden Fall haben sich die Fangergebnisse in Boros in den letzten fünfzig Jahren verfünfzigfacht. Das sind fünfzig Mal mehr Fische als eure Großmütter gefangen haben.« Die Führerin nickt mit dem Kopf wie ein Aufziehspielzeug und lächelt müde.

Nami sucht mit dem Blick das Mädchen mit der Schleife, aber dort an der Wand sieht er sie nicht mehr. Er hat das Gefühl, als würde sein Herz für einen Moment aussetzen, aber schon im nächsten Moment wird ihm klar, wie erleichtert er ist, dass das Mädchen weg ist, als hätte ihm jemand die gefesselten Hände befreit.

»Komm mit raus«, dreht sich Alex zu ihm um. »Wir

können Spinnen die Beine ausreißen oder so.«

»Fünfzig Mal«, wiederholt die Führerin wie ein kaputter Apparat.

Nami und Alex verkrümeln sich aus dem Museum, einem kleinen Haus mit Blumen an den Fenstern, es erinnert an ein Bahnwärterhäuschen, nur am Giebel steht groß: S ADT SEUM. Es ist eines der wenigen Steingebäude in Boros, das ab und zu jemand weiß streicht. Nami und Alex lehnen sich zwischen den Fenstern an die Wand, Nami sagt, er scheiße auf Spinnen, das sei was für Kinder. Alex nickt ernst, holt eine Zigarette aus der Brusttasche und zündet sie an.

»Wem hast du die denn geklaut?«, lacht Nami verblüfft. Alex macht ein wichtiges Gesicht, nimmt einen Zug, hält den Atem an und bemüht sich, nicht loszuhusten.

»Nichts geht über eine gute Zigarette«, verkündet er, der gut einen halben Kopf kleiner ist als Nami. Nami sagt nichts, kratzt sich nur das Ekzem an den Handgelenken.

»Hast du gehört, was auf die Welt gekommen ist?«

»Was denn?«

»Ein Kind mit drei Armen. Beim Kolchosvorsitzenden. Also bei seiner Frau.«

Nami sieht, dass auf Alex' Oberlippe rötlicher Flaum wächst.

»Ich dachte, ein Kind ohne Beine.«

»Nein, das war beim letzten Mal.«

»Willst du auch einen Zug?«

»Ach nö.«

Sie blicken gemeinsam zu der Ansammlung aus Förderturmen am Horizont, die aussehen wie tote Bäume.

»Meine Mutter haben sie im Fischkombinat rausgeschmissen«, sagt Alex blutleer, holt tief in der Kehle Anlauf und spuckt weit vor sich.

»Oh, und was macht sie jetzt?«

Alex zuckt mit den Schultern und stülpt die Unterlippe vor. »Was schon? Wird sich schon was finden.«

Nami nickt.

»Gehen wir wieder rein?«

»Ich scheiß drauf.«

»Ich auch.«

Lange stehen sie an die Wand des Museums gelehnt, schauen in die Ferne und schweigen.

»Das Mädchen«, hüstelt Alex nach einer Weile, »das Mädchen lässt dir ausrichten, dass du heute Abend in den Hafen kommen sollst. Hätt ich fast vergessen.«

»Was für ein Mädchen?«

»Welche schon, du Knalltüte. Wahrscheinlich juckt ihr die Muschi.«

»Blödmann.«

»Ich würde die jedenfalls flachlegen.«

»Ich renn garantiert nicht zum Hafen.«

Die Schiffe stehen mittlerweile so weit weg von den ursprünglichen Anlegeplätzen, dass sich die Kinder zwischen der Flutlinie und dem alten Hafen einen Fußballplatz angelegt haben. Es ist schief, sodass der Ball stets Richtung See rollt. Der Platz ist staubig und ab und zu bricht jemand mit dem Fuß in die harte Sedimentschicht ein. Der mit verwestem Tang bedeckte Betonpier ragt einsam und verlassen aus dem hart gewordenen Schlamm, unter den Metallringen zum Anleinen liegt Müll herum. Der einzige Steg, der tatsächlich bis hinaus zu den Fischerbooten führt, ist aus Holz; jedes halbe Jahr verlängern die Fischer ihn um ein paar Meter weiter auf den See hinaus, damit sie nicht mit den Dieselkanistern und den Körben mit dem Fang über den eingetrockneten Seegrund laufen müssen und damit sie eine Möglichkeit haben, ihre Boote festzumachen. Hier und da liegen über den harten Boden verstreut kleine Barken, deren ausgedörrte Rümpfe an der Sonne jeden Tag sichtlich stärker zerbröseln.

Nami liegt im trockenen Gras oberhalb des Betonpiers, auf dem Gipfel des Hügels, wo sich die Russen vor Jahren eine Antenne für den interplanetaren Funkkontakt hingebaut haben. Damals war noch klar, dass sie zu anderen Planeten fliegen, sie besiedeln und sich vermutlich auch mit den Außerirdischen anfreunden würden. Das hat Nami noch in der Schule gelernt, aber allmählich hörten die Lehrer auf, darüber zu sprechen. Der Betonsockel ist mit klar verständlichen Genitalsymbolen bemalt und die Parabolantenne neigt sich jedes Jahr ein Stück weiter Richtung Boden wie eine verwelkende Sonnenblume. Von den Riefen auf der Rückseite des Parabolspiegels blättert in langen Streifen der dunkelrote Lack ab. Nami schiebt sich einen toxischen Grashalm im Mund herum. Die Sonne steht niedrig und wirft lange Schatten. Die Luft ist voller Staub, der die Kleidung bedeckt und in Nasenlöcher und Lunge dringt. Ein schmutziger streunender Hund schleicht sich durchs Gras heran und legt sich unweit von Nami nieder. Über dem rechten Auge hat er eine große Beule. Nami verscheucht ihn mit einem Stein, der Hund läuft weg und liegt dann ein Stück weiter entfernt.

Nami findet seine Hände ungepflegt und kratzt den Dreck unter den Nägeln heraus. Als er Richtung Stadt schaut, sieht er auf dem Weg das Mädchen, um sie herum steigt ein goldener Heiligenschein aus Staub auf, sie wirkt ein bisschen wie eine Erscheinung. Nami macht weiter seine Nägel sauber und tut so, als sähe er sie nicht. Er ist entschlossen, sie vorbeigehen zu lassen, macht sich in keiner Weise bemerkbar. Sein Unterleib zieht sich zusammen, und der Schmerz erinnert ihn an jenen, den das Baden im See auslöst.

Das Mädchen sieht ihn und hebt zaghaft die Hand zum Gruß. Er nickt. Sie stützt sich ziemlich geschickt auf der kleinen Betonmauer ab und schwingt sich hinauf. Sie kommt hinter Nami durchs trockene Gras, ihre Schlappen rutschen im Staub weg. Dann setzt sie sich neben ihn.

»Du machst dir die Sachen dreckig.«

Sie winkt ab.

»Tolle Idee, hier ein weißes Kleid zu tragen«, sagt Nami und hat das Gefühl, keine Luft zu kriegen. Er muss husten. »Das macht der Staub hier«, erklärt er.

Das Mädchen schnalzt dem Hund zu, der sofort zu ihnen herüberschleicht.

»Ruf den nicht. Der besteht nur aus Flöhen und Geschwüren.«

»Er tut mir leid. Guck doch, wie allein er ist.«

Das Mädchen sitzt von Nami aus im Westen, und er bemerkt die feinen Härchen auf ihrem Hals und ihren Beinen, die vom Sonnenlicht golden leuchten. Nami dreht sich auf den Bauch.

Das Mädchen räuspert sich. »Ähm. H-hm. Ich bin Zaza.«

»Nami.«

»Ich weiß.«

»Echt?«

»Wie meinst du das? Dich kennt doch jeder.«

»Wie, jeder?«

»Machst du dich lustig?«, sagt Zaza und schaut leicht irritiert.

»Ach wo. Ich meine nur, weil du an der Haltestelle so getan hast ... Ach was, ist ja egal.« Nami winkt ab, spuckt den zerkauten Grashalm aus und pflückt sich einen neuen. Er hofft, dass man nicht sieht, wie seine Finger zittern.

»Du hast ein hübsches Ekzem«, sagt er dann beiläufig.

»Wie jetzt?«, fragt Zaza mit finsterem Blick.

»Bei den meisten ist es rot und geschwollen, aber deins ist so ... rosig, niedlich halt.«

»Aha.«

»Ich hab das nicht böse gemeint.«

»Ich reibs mit Fett ein. Hilft aber nicht viel.«

»Angeblich ist ein Kind mit drei Armen auf die Welt gekommen.«

»Na ja, Lämmer mit zwei Köpfen werden dauernd

geboren, aber ein Kind mit drei Armen? Das gabs noch nicht«, seufzt Zaza. »Sobald ich mit der Schule fertig bin, will ich hier weg.«

Nami nickt. »Wir könnten vielleicht zusammen weggehen.«

Zaza lächelt und nickt.

»Also, ich komm morgen wieder, okay?«

»Okay.«

Er schaut ihr nach, als sie durch die Dämmerung davongeht. Schwer, sich nicht anmerken zu lassen, wie in ihm kleine Freudengeysire explodieren. In der Ferne hinter den Trockendocks sieht er neben einem von einer Unmenge Gerümpel umgebenen Haus einen Mann im Taucheranzug, der sich mit tänzerischer Grazie durch seinen Garten bewegt. Nami wirft den Kopf zurück. Der Wind schleudert lose Drähte gegen die rostige Konstruktion des Parabolspiegels, als ob die Außerirdischen endlich ein Signal senden würden. Nami konzentriert sich auf den Rhythmus der Schläge, aber er kann nichts entziffern. Die Erektion bleibt.

Alex bringt etwas von den Russen mit, ein paar aus einem farbigen Katalog herausgerissene Seiten. Darauf sind Frauen in Unterwäsche, die ins Objektiv lächeln und einen Schmollmund machen. Er tauscht sie gegen eine Schachtel Munition für die Schreckschusspistole, die Nami in einem nicht verschlossenen Russenjeep gefunden hat. Vom Klohäuschen hinterm Haus aus kann Nami durch das runde ausgesägte Loch in den Garten sehen, wo er immer zu Frühjahrsbeginn den stinkenden

Plumpskloinhalt abladen muss. Die Hütte ist voll mit Spinnweben und alten Zeitungen. Nami lehnt sich von innen gegen die schmutzige Holzwand, denkt an Zaza, mit einer Hand hält er die Bilder mit den drallen Russinnen in Unterwäsche, mit der anderen onaniert er, als plötzlich ein Kreischen ertönt.

»Du kannst nicht mehr gucken!«, schreit die Frau des Bäckers Großmutter an, als sie gemeinsam Bohnen aus den Hülsen lösen und Großmutter mit dem Handrücken gegen das Körbchen stößt. Die violetten Bohnen kullern über den mit farbigem Linoleum bedeckten Tisch.

»Pst!«, sagt Großmutter und schaut sich erschreckt um. »Noch kann ich. Zum Netze Ausbessern und den Jungen Versorgen reichts. Sei bloß still, ich weiß genau, dass du hinkst.«

Die Frau des Bäckers runzelt die Stirn und poliert missmutig die Bohnen in ihrer Schürze. Sie schweigt. Schließlich sagt sie wie beiläufig: »Du bist blind wie ein Maulwurf.«

»Ein Mucks, und ich erwürg dich mit deinem eigenen Kopftuch, du alte Hexe«, zischt Großmutter. Die Frau des Bäckers fängt unter einer gelösten grauen Haarsträhne an zu flennen, reibt aber weiter verbissen die Bohnen blank. Nach einer Weile steht sie heulend auf, schüttet sich ihren Teil Bohnen in die Schürze und geht ohne ein Wort.

Großmutter stolpert noch am selben Abend auf ihrer einzigen Stufe vorm Haus und bricht sich den Oberschenkelhals. Sie weint vor Schmerzen und flucht leise, als sie sich ins Bett schleppt. »Ich rufe den Doktor«, sagt

Nami und rennt zur Tür, aber Großmutter schreit, sie werde ihm eher alle Knochen im Leibe brechen. Nami sitzt unentschlossen vorm Haus. Er hat Angst wegzugehen, falls sich Großmutters Zustand verschlimmern sollte. Er hat Angst hineinzugehen, denn Großmutter schimpft unflätig und jammert vor Schmerzen. Zwischen den nackten Zehen hindurch drückt er den feinen Staub, er schüttet Haufen auf und steckt trockene Grashalme hinein. Wind kommt auf. Nami hockt bis in die Nacht auf dem Podest, dann stiehlt er sich leise ins Haus.

»Gib mir was zu trinken, Junge.« Großmutters Stimme ist nur ein Flüstern, und ihm läuft es kalt den Rücken hinunter, sie redet wie aus dem Totenreich und sieht auch so aus. Bleich wie eine frisch geweißte Wand. Sie stützt sich auf einem Ellbogen ab, und auch im Dunkeln kann man sehen, wie der Schweiß auf ihrer Stirn glänzt. Nami schöpft ihr mit der Kelle Wasser aus dem Eimer, und sie trinkt gierig. Sie riecht nach Krankheit und Alter. Nami klappert mit den Zähnen. Die ganze Nacht sitzt er an Großmutters Bett auf dem Boden und nickt immer nur kurz weg. Er wird wach, wenn sie stöhnt und wenn sie allzu lange still ist. Als er es im Morgengrauen endlich schafft, einzuschlafen, wecken ihn aufgeregte Männerstimmen und kurz danach lautes Klopfen an der Tür.

Vier Männer kommen herein, der Arzt, der Kolchosvorsitzende, der Schulleiter und der vierte mit dem traditionellen Stirnband des Schamanen, aber niemand beachtet ihn. Die Frau des Bäckers steht in der Tür und vergisst vor lauter Aufregung zu atmen.

»Was ist denn, ihr Täubchen?«, stöhnt Großmutter aus

dem Bett. Ihre Augen glänzen fiebrig.

»Wie kommts, dass Sie noch nicht aufgestanden sind? Haben Sie beschlossen, ein bisschen auszuruhen?«, scherzt der Kolchosvorsitzende. Er hat ausladende Schultern, einen hervorstehenden Bauch und einen verschrumpelten Hintern.

»Wahrscheinlich hab ich verschlafen«, antwortet Großmutter mit Reibeisenstimme.

»Dann zeigen Sie sich mal, Muttchen«, sagt der Arzt unnachgiebig und zieht Großmutter die Decke weg. Er muss sich abwenden, als ihn der Gestank von Krankheit und Schweiß aus dem Bett trifft. Aber dann setzt er das Gesicht des wohltätigen Samariters auf und beugt sich über sie. Er schaut ihr in die Augen, in den Hals, misst Puls und Temperatur. Als er an den Bruch kommt, zischt Großmutter lediglich tapfer. Der Bursche mit dem Schamanenstirnband steht die ganze Zeit hinter dem Rücken des Arztes.

»Wie alt sind Sie, Muttchen?«, fragt der Kolchosvorsitzende jovial.

»Vierundfünfzig«, flüstert Großmutter.

»Nee, nee«, schreit die Frau des Bäckers von der Tür. »Das ist schon lange her. Du lügst!«

Der Arzt blinzelt insgeheim dem Kolchosvorsitzenden zu und nickt. Alle verschwinden vors Haus, nur der Mann mit dem Schamanenstirnband bleibt am Fußende des Bettes stehen. Nami sitzt still neben dem Bett und hält Großmutter bei ihrer heißen Hand. Die Hand erinnert Nami an das Vögelchen, das er einmal gefangen hat und dessen Herz wie verrückt klopfte.

»Was ist los, Oma?«, flüstert er.

Sie atmet abgehackt und antwortet nicht.

»Oma?«

»Bring mich von hier weg, schnell«, flüstert sie.

»Was? Wo soll ich dich denn hinbringen? Und wie?«

Man hört ein dumpfes Knurren. Der Mann mit dem Stirnband tritt von einem Bein aufs andere, singt und wedelt mit einer Hand über dem Kopf mit etwas, das aussieht wie ein abgenagter Knochen.

»Was ist das, Oma?«

Sie fängt auf einmal an zu jammern und zu jaulen wie eine Wölfin, und die Intensität, mit der der Schamane singt, nimmt noch zu. Es klingt so schrecklich, dass sich Nami die Ohren zuhält und sich vor und zurück wiegt. Als auch nach einer Weile das Heulen nicht aufhört, steht er auf und läuft hinaus. Auf dem Podest rennt er die Frau des Bäckers um, die wankt, stößt gegen das Eisengeländer und ächzt schwer. Nami rennt in den Garten, dann in den Geräteschuppen, wo es nach Diesel riecht und er tief durchatmet und bis zwanzig zählt. Anschließend nimmt er den Zimmermannshammer und zerschlägt damit einen Hobel, Holznägel, Stangen zum Anbinden der Bohnen.

Gestern beim Mittagessen saß er noch mit Großmutter vorm Haus, sie aßen zusammen eine Melone, der Saft lief ihnen übers Kinn, und Großmutter musste heftig lachen, wie Nami in kürzester Zeit ein Bauch gewachsen war. Sie wischte die Lachtränen mit einem Zipfel ihrer schwarzen Schürze ab, während sie mit der anderen Hand die Wespen verscheuchte. Jetzt hat sich vor ihrem

Haus eine Meute zusammengerottet, es sind Nachbarn da und Leute, die er zum ersten Mal sieht. Die Männer schweigen, die Frauen schnattern mit fiepsiger Stimme, und die Kinder hängen an ihrem mit wildem Wein überwucherten Zaun.

Nami betritt mit zusammengepressten Kiefern und dem schweren Hammer in der Hand das Podest, und alle verstummen.

An Großmutters Bett steht wieder der Arzt und hält ihre Hand. Leise sagt er ihr etwas.

»Was ist los, Herr Doktor?«, fragt Nami leise. »Was passiert hier? Warum sind die ganzen Leute hier? Sie hat sich doch nur das Bein gebrochen.«

»Na immerhin.«

»Ich hab mir auch mal das Bein gebrochen.«

»Und wie alt warst du da?«, lächelt der Doktor.

»Weiß nicht, sechs.«

»Na siehst du.«

Der Arzt seufzt nachsichtig und schüttelt den Kopf. Großmutter lieg mit geschlossenen Augen da, sie atmet flach und reagiert nicht auf Namis eindringliches Rufen.

»Ihr wollt sie doch nicht auf den See schicken, oder?«, brüllt Nami. »Noch nicht! Sie ist doch noch ganz gesund! Oma!«

Gegen den Türrahmen donnert eine eiserne Trage, die ein Sanitäter mitgebracht hat; die Leute sind vor ihm auseinandergetreten, als wäre gerade die allerhöchste Autorität eingetroffen. Die Menge verstummt nach und nach.

»Wir haben ihr ein Beruhigungsmittel gegeben. Glaubst du etwa, wir sind Bestien?«, schimpft der Arzt mit Nami. »Und jetzt geh zur Seite!«

Nami macht einen Schritt Richtung Arzt und hebt den Hammer in die Höhe. Der Arzt mustert ihn kühl.

»Und was machst du jetzt, Junge?«

Nami starrt den Arzt an, dann fängt sein Kinn an zu zittern. Er lässt die Hand mit dem Hammer sinken. Der Arzt schiebt Nami beiseite, sodass der Sanitäter Großmutter auf die Trage mit Rädern umladen kann. Großmutter stöhnt unter den rabiaten Griffen auf. Als sie nach draußen gefahren wird, tritt die Menge wieder ehrfürchtig auseinander.

Wind kommt auf. Der Steg knackt unter dem Gewicht von Hunderten Einwohnern, ein paar sind schon auf dem trockenen Seegrund gelandet. Die Frauen halten Blumen, die Männer blicken ernst, mal zum Himmel, mal zum See; alle warten auf irgendeine Anweisung. Die Wellen werfen den mit bunten Schleifen geschmückten, ruderlosen Kahn hin und her, sodass er gegen die Fischerboote stößt. Großmutter liegt darin, die Stirn schweißnass, die Augen mit einem blauen Band verbunden. Nami sieht, dass ihre auf dem Brustkorb gefalteten Hände leicht zittern.

Zu einem Zeitpunkt nickt der Vorsitzende, und der Schamane fängt dumpf an zu brummen. Die Frauen stimmen in höherer Tonlage mit ein, dabei werfen sie Blumen auf Großmutter. Das sieht traurig aus, die Blumen sind zu dieser Jahreszeit meist schon verblüht und mit braunen Flecken übersät oder vertrocknet. Der Schlepper lässt den Motor an.

Nami zwängt sich wortlos zwischen den Menschen hindurch, die dem Kahn am nächsten stehen, und springt hinein. Das bringt ihn wild zum Schaukeln. Die Männer schreien Nami an. Der beugt sich nach vorn und schreit Großmutter an, damit sie ihn hört; das Dröhnen des Motors und die Windböen sind viel zu laut.

»Wie soll ich das stoppen, Oma? Ich fahre mit dir mit, in Ordnung?«

Großmutter greift nach seiner Hand und küsst sie.

»Du kannst das nicht stoppen, Täubchen. Alles muss sein, wie es sein muss, damit der Geist nicht böse wird. Denn er ist immer noch zornig.«

»Oma.«

»Mein Täubchen.«

»Was soll ich denn machen?«

»Du schaffst das.«

»Tut dir was weh?«

»Ä-ach.«

»Ich hab dir Schardonee mitgebracht.« Er drückt ihr eine Halbliterflasche Selbstgebrannten in die Hand und küsst sie auf die Stirn.

»Danke, Täubchen. Danke.«

Großmutter bricht in Tränen aus.

»Nun lauf, Nami.«

Er springt aus dem Kahn und schwimmt zum Ufer, zwischen karminroten Stockrosenblüten hindurch. Sein Mund ist voller Blut, weil er sich auf die Wangen beißt. Er watet aus dem Wasser und geht, während der Schlepper losfährt und der geschmückte Kahn hinter ihm in einer Wolke aus Dieselrauch verschwindet. Dann beginnt er, unwillig dem Schleppboot zu folgen, er hüpft über die Wellen, als würde er gleich umkippen. Das Boot zieht den Kahn etwa zweihundert Meter, dann hakt es ihn aus und kehrt zurück zum Ufer. Der Kahn driftet langsam in Richtung Horizont davon. Die Männer auf dem Steg opfern dem Seegeist große Schnapsgläser voll mit Selbstgebranntem und gehen dann schweigend nach Hause. Nami schaut dem Kahn nicht hinterher. Er ist wütend; er hat das Gefühl, dass ihm Großmutter noch vor ihrer Abfahrt etwas hätte sagen müssen, etwas Wesentliches, was er fürs Leben brauchen würde. Zu Hause sticht Nami im Hühnerstall eine der drei verbliebenen Hennen ab.

Das Türschlagen im Erdgeschoss lässt Nami aus wilden, schweren Träumen hochfahren. Sein Herz versucht ihm aus dem Brustkorb zu springen; wo ist er? Was haben wir für eine Jahreszeit? Wo ist Großmutter? Warum riecht es aus der Küche nicht nach frisch frittierten Krapfen?

Er setzt sich im Bett auf, den Kopf in den Händen, allmählich fällt ihm alles wieder ein. Als er langsam ins Erdgeschoss hinuntergeht, merkt er, wie durchgeschwitzt er ist und kann seinen eigenen Gestank kaum noch ertragen. Mitten in der Küche steht die magere Frau des Kolchosvorsitzenden mit einem Kind auf dem Arm; um sie herum Rucksäcke mit Kleidung und ein paar Pappkartons.

»Grüß dich.« Sie nickt Nami verschämt zu.

»Du wirst jetzt mit uns hier wohnen, Junge«, grölt hinter ihm die grobschlächtige Gestalt des Vorsitzenden und das Kind fängt an zu weinen.

»Ruhe, du Missgeburt, oder ich ersäuf dich im See!«, ruft der Vorsitzende lachend und fängt an, die Rucksäcke ins Obergeschoss zu schleppen.

Die Frau macht Tee. Als der Vorsitzende wiederkommt, setzt er sich schwerfällig an den Tisch und legt seine Füße mit den Stiefeln auf den Stuhl. Er nimmt einen Schluck Tee und wiegt unzufrieden den Kopf. »Euer Garten ist ein Saustall, Junge. Da musst du ordentlich ran, eh das wieder nach was aussieht. Deine Großmutter hat dich an der ziemlich langen Leine gehabt, was?«

Nami schweigt, an der Stirn schwillt ihm eine Ader. Das Kind schreit schon wieder.

Als Nami das Kind zum ersten Mal ausgezogen sieht, kann er seinen Schrei gerade noch unterdrücken. Es hat mitten auf dem Brustkorb einen dritten Arm, nur Handgelenk und Hand, der sich genauso unkoordiniert bewegt wie die beiden normalen Arme, die fünf Finger daran zappeln wie Regenwürmer in einer Blechdose. Das Kind ist jedoch fröhlich, sucht Nami mit den Augen, und er nimmt es oft auf den Schoß, schaukelt es und wirft es in die Luft, dass es vor Begeisterung kreischt. Manchmal schüttelt Nami ihm die dritte Hand, und dann kriegen sich die beiden vor Lachen kaum wieder ein. Das Kind schläft jetzt mit seiner Mutter in Namis Bett, Nami liegt in der Küche auf dem Boden, wo Großmutter immer ihr Bett hatte. Das hat jetzt der Vorsitzende okkupiert, der genauso laut schnarcht wie Großmutter, was Nami wenigstens in der Nacht ein Gefühl von Sicherheit gibt.

Nami gräbt den Garten um, von Spaten und Hacke hat er nach ein paar Tagen Schwielen und Muskelschmerzen. Manchmal kann er wegen der Gartenarbeit nicht in die Schule gehen, doch das macht ihm nichts aus. Die Frau des Vorsitzenden ist nett, sie sagt zu Nami »Grüß dich« und »Gute Nacht« und blinzelt ihm ab und zu schelmisch unter ihrem Kopftuch zu. Sie ist dürr und hässlich, kann aber schön singen. Wenn sie dem Kind etwas vorsingt, sitzt Nami in der Nähe und lauscht. Obwohl sie nicht so gut kocht wie Großmutter, muss Nami wenigstens nicht hungern. Der Vorsitzende hat zwei Ziegen mitgebracht, so hat Nami abends frische Milch, auch wenn er sie dafür melken und hin und wieder auch aus der Küche vertreiben muss. Die Ziegen lieben die Küche: Immer, wenn sie es bis nach drinnen schaffen, klettern sie auf den Tisch und meckern Nami triumphierend entgegen. Der Raum riecht dann jedes Mal noch lange nach ihnen.

An den Abenden macht sich Nami aus dem Staub, er sagt, dass er an den Strand Treibholz sammeln gehe. Mit Zaza spaziert er über den ausgetrockneten Seegrund hin und zurück, ab und zu heben sie einen trockenen Ast auf oder ein Stück Brett von einer Schalung, manchmal finden sie einen Gummistiefel und einmal sogar ein goldenes Medaillon. Es ist nur Modeschmuck, aber keiner von den beiden weiß das, und so trägt Zaza es um den Hals.

Sobald sie außer Sichtweite sind, halten sie Händchen, aber sie zögern, einander in die Augen zu schauen. Wenn sie sich morgens auf dem Weg zur Schule treffen, begegnen sich ihre Blicke nur flüchtig.

Mit Alex trifft sich Nami jetzt selten, er kommt ihm nämlich jedes Mal dämlicher vor.

»Wo warst du?«

Nami schweigt, nicht aus Trotz, sondern weil er den Vorsitzenden nicht zur Kenntnis nimmt.

»Wo du warst, frag ich!«

Nami ist in Gedanken auf der verborgenen Lichtung zwischen den Büschen, wo er beschlossen hatte, seinen ganzen Mut zusammenzunehmen und Zazas Busen zu berühren. Er tat es unerwartet und wie beiläufig, trat von hinten an sie heran und umfasste mit der rechten Hand fest ihre rechte Brust. Zaza war noch nicht allzu gut ausgestattet, doch das machte nichts. Sie erstarrte und verstummte sogar für einen Moment, entwand sich ihm aber nicht, ließ ihre Brust in seiner Hand. Dann räusperte sie sich und redete weiter: »... na, auf jeden Fall ist sie zerlumpt wie alte Latschen aus der Hauptstadt zurückgekommen ...«, und Nami spürte unter seiner Handfläche den rasenden Galopp ihres Herzens und war glücklich.

»Am Strand, Holz holen, wo denn sonst?«

Zack, eine Ohrfeige.

»Du hast ja gar nichts dabei!«

»War schon alles aufgesammelt.«

Zack, die nächste Ohrfeige.

»Mich machst du nicht zum Affen. Wo warst du?«
Nami hebt kampfeslustig das Kinn.

»Meine Sache.«

»Wo warst du? Ich frag zum letzten Mal.«

»Geht dich einen Scheißdreck an.«

Mit dem Faustschlag in den Magen hat Nami nicht gerechnet, der Hieb lässt ihn in der Hüfte einknicken.

»Wo du warst!«

»Du bist ein schlechter Mensch«, röchelt Nami, »deshalb hat dir der Seegeist eine Missgeburt geschickt!«

Der Vorsitzende schlägt Nami mit der Faust gegen die Schulter, und er geht sofort zu Boden. Mit einer gut eingeübten Bewegung zieht der Vorsitzende den Gürtel aus seiner Hose und fängt an, auf Nami einzudreschen.

»Du undankbarer Bastard! Du, die Ursache für alles Unglück weit und breit, willst mich belehren? Nimm dies, du Abschaum, dein eigenes Blut sollst du schlucken!«

Nami spürt wirklich schon, wie das Blut aus seinem Mund läuft, das Adrenalin hindert ihn daran, sich des Schmerzes voll bewusst zu werden, doch schon jetzt weiß er, dass es gleich richtig weh tun wird. Mit seiner Zunge ertastet er einen abgebrochenen Schneidezahn. Die Frau des Vorsitzenden steht in der Tür, sie hält das schreiende Kind im Arm.

»Borek«, sagt die Frau versöhnlich. Ihr Mann lässt den Riemen fallen, steht völlig verschwitzt und außer Atem breitbeinig über Nami und kneift die Augen zusammen. Er verströmt einen stechenden Schweißgeruch.

»Also, wo warst du?«

Nami legt sich auf den Rücken, atmet hastig, legt die Hände auf der Brust zusammen.

»Du stinkst nach Scheiße, Vorsitzender. Wahrscheinlich bist du irgendwo reingetreten.«

Der Vorsitzende schaut ihn ungläubig an, dann versetzt er Nami einen müden Tritt gegen den Brustkorb.

»Du bist genauso ein Haufen Scheiße wie dieser Drecksack, der diese Nutte besprungen hat, deine Mutter.«

Der Vorsitzende geht aus dem Haus, dabei schubst er seine Frau ruppig zur Seite. Nami will aufstehen, aber sein Körper schmerzt.

»Sing mir was vor«, flüstert er der Frau zu. Sie dreht sich um und geht.

Auf dem Fußboden spürt Nami, wie sich durch die Ritzen der Herbstwind ins Haus schleicht. Die Gürtelstriemen brennen, als hätte ihm jemand Schlacke daraufgestreut. Über Nacht sperrt der Vorsitzende Nami in den Hühnerstall. Dort ist es dunkel, und es stinkt. Während die beiden Hennen unruhig gackern, zittert Nami vor Kälte und Wut.

Am Morgen darf er zurück ins Haus. Er ist ganz steif, kann nicht mal sprechen. Die Frau des Vorsitzenden will ihm Haferbrei auftun, aber ihr Mann hält sie zurück.

»Er isst jetzt nur noch Brot, damit er anständiges Betragen lernt.«

Das Brot ist hart, trotzdem zermalmt Nami dankbar die ausgetrocknete Krume zwischen den Zähnen.

»Und er lernt das auch, stimmts?«

Nami nickt schweigend. Seine Hände zittern unkontrolliert. Die Fensterscheiben vibrieren, irgendwo in der Nähe fährt eine Kolonne mit Militärtechnik vorbei.

Eine Woche hält Nami durch. Er gräbt den Garten um, bis ihm das Blut aus den Schwielen fließt. Er spielt mit dem dreiarmigen Kind und hat Sehnsucht nach Zaza. Wenn der Vorsitzende weg ist, steckt seine Frau Nami ab und zu ein Stück Fleisch oder einen Krapfen zu. Sie sagt kein Wort, und Nami nimmt es schweigend entgegen.

Einmal erwischt ihn der Vorsitzende dabei, wie er Linsensuppe isst. Er tritt den Stuhl unter ihm weg, sodass Nami mit den Zähnen gegen den Teller schlägt.

»Du hässliches Weib, du undankbares!«, zischt der Vorsitzende und schlägt seiner Frau so heftig ins Gesicht, dass sie zu Boden fällt. Sie hält sich ihre Wange und rutscht auf dem Hintern wortlos in eine Ecke.

»Mach dir klar, wer dich ernährt, dich und deine Missgeburt«, fährt der Vorsitzende fort. »Da zeigt man sich gnädig, und kaum dreht man ihr den Rücken zu, hat man ein Messer drin stecken.«

»Verzeih, Borek.«

Großmütig nickt der Vorsitzende ihr kurz zu.

»In den Hühnerstall«, sagt er zu Nami. »Eine Lektion hat dir offensichtlich nicht gereicht.«

Nami ist jetzt dauerhaft im Hühnerstall eingesperrt. Das Wasser teilt er sich mit den Hennen, zu essen gibt es Reste aus der Küche. In die Schule geht er nicht, er lehnt sich mit dem Rücken gegen die Wand, gewöhnt sich an den Hühnergeruch und schaut durch eine Ritze zwischen den Brettern im Dach nach draußen. Die beiden Hennen sind zuerst ein wenig unruhig, aber nach ein paar Tagen haben sie sich an ihn gewöhnt. Einmal hört er die piepsige Stimme seiner Lehrerin, sie fragt nach Nami, und der Vorsitzende antwortet ihr gönnerhaft, dass er auch nicht wisse, dass dieser Bastard vermutlich abgehauen sei. Der kommt nach seiner Mutter, Sie wissen doch. Die Lehrerin kichert und sagt dann zum Vorsitzenden, er solle Nami gleich in die Schule schicken, sobald er wieder da sei, er sei der schlaueste Schüler und ohne ihn schwächle die Klassenmoral. Der Vorsitzende wundert sich darüber und fragt, ob die Lehrerin da nicht was verwechsle. Die fängt wieder an zu kichern und Nami weiß, dass ihr der Vorsitzende jetzt höchstwahrscheinlich den Hintern begrapscht, wie er das bei allen Weibern in der Stadt macht, die sich das gefallen lassen.

Immer gegen Abend hebt Nami die Stalltür aus den Angeln und schleicht sich hinten über den Garten nach draußen, um sich oberhalb des Hafens mit Zaza zu treffen. Zaza muss vor Einbruch der Dunkelheit zu Hause sein, und so werden die Minuten voller fiebriger Berührungen von Tag zu Tag weniger. Wenn Nami zurückkommt, schmerzt ihn die Sehnsucht, und er riecht an seiner Hand, an der noch immer Zazas Melonenduft haftet. Sobald es dunkel ist, geht Nami in die Speisekammer und vertilgt dort, was er in die Finger kriegt. Einmal erwischt ihn bei seinem Diebeszug die Frau des Vorsitzenden; Nami hat den Mund voll und kaut hastig. Sie beobachtet ihn schweigend, die Arme verschränkt. Als Nami sie bemerkt, legt er den Zeigefinger auf den Mund, und die Frau nickt. Sie lässt ihn essen, beobachtet ihn ruhig, dann öffnet sie ihm die Tür und verriegelt die Speisekammer wieder hinter ihm. Als er an ihr vorbeigeht, streicht ihm die Frau über die Schulter, versucht seinen Kopf zu berühren, aber Nami ist schon zu groß, sie reicht nicht bis dorthin. Sie holt einen Lutscher aus ihrer Tasche, ein Zuckerhähnchen, das am Zellophan festklebt und bestimmt nach Veilchen und gebranntem Zucker schmeckt. Nami schüttelt den Kopf. Die Frau des Vorsitzenden hört nicht auf zu lächeln und steckt den Lutscher wieder in die Tasche. Am nächsten Tag gibt sie ihn dem Kind in die dritte Hand.

Ist der Kolchosvorsitzende aus dem Haus, um das Pflügen und die herbstliche Aussaat zu beaufsichtigen, schlüpft Nami aus dem Hühnerstall und setzt sich in die Sonne. Er schaut zu, wie die Ingenieure mit ihren Familien aus der Plattenbausiedlung abreisen, ihre Shigulis und Jeeps mit Rucksäcken, Beuteln und Bildern von Birkenhainen beladen und ohne zurückzuschauen im Staub der Landstraße verschwinden. Er sieht seine Mitschüler zur Schule gehen; ist Zaza unter ihnen, zieht sich sein Magen leicht zusammen. Es kühlt ab und die Tage werden kürzer, im Hühnerstall ist es nachts jetzt kalt.

Es ist klar, dass die Treffen mit Zaza schon bald ganz aufhören werden, denn die Dämmerung rückt unaufhörlich näher an den Unterrichtsschluss heran. Jedes Mal hält er sie fest in seinen Armen, während sie fast ununterbrochen etwas erzählt, oft streicht sie sich dabei den Rock glatt oder schiebt sich eine störrische Haarsträhne hinters Ohr. Sie hat etwas Schläfriges an sich. Nami küsst sie auf die Augen, die Ohren, den Hals, und sein Magen krampft sich zusammen, weil er für seine Anspannung keine Erleichterung findet. Er presst Zaza gegen den Sockel der interplanetaren Funkstation, fummelt an ihrem Oberschenkel, sie hebt den Rock ein bisschen an und hört nicht auf, von den Streifzügen zu berichten, die die Jugendlichen in die verlassenen Plattenbauwohnungen unternehmen. Die waren schon heruntergekommen, als die Mieter dort eingezogen sind, und jetzt ist in den Fensterrahmen statt der kaputten Scheiben Zeitungspapier.

Namis Gesicht steckt tief in Zazas winzigem Dekolleté. Zaza streichelt ihm verschämt den Penis, und Nami hat das Gefühl, das nicht auszuhalten, keine Luft zu kriegen und zu ersticken, es ist mehr, als er ertragen kann. Als er dann langsam und benommen den Kopf hebt, um endlich durchzuatmen und sich zu retten, erblickt er zwei bewaffnete russische Soldaten. Der eine ist klein und dunkel, der zweite ein beleibter, gutmütig aussehender Blondschopf mit abgekautem Fingernagel am rechten Daumen. Zaza zischt leise und hört für einen Augenblick auf zu atmen, es ist soweit, jetzt passiert das, wovor jede Mutter ihre Tochter vor dem Einschlafen warnt: Nimm dich bloß vor dieser Russensoldateska in Acht, Mädchen, die sind doof wie drei Kopeken und haben Druck von Tagesanbruch bis Sonnenuntergang. Du stößt irgendwo in einer verlassenen Gegend auf sie und kannst dir sicher sein, dass du nicht ehrbar aus der Sache rauskommst.

»Nami«, flüstert sie mit unterdrückter Stimme.

Der kleine Dunkle deutet mit der Mündung an, dass sie ihren Rock heben soll. So schlicht, allen ist alles auf einen Schlag klar.

»Nami.«

Nami steht da und presst die Zähne aufeinander, seine Finger krallen sich in die Handflächen.

»Komm, wir gehen nach Hause«, sagt er, nimmt Zaza an der Hand, und beide wenden sich heimwärts, weg von den Soldaten. Zwei Schritte, dann ertönt ein Schuss. Der kleine Dunkle hat in die Luft geschossen. Schüsse hört man fast jeden Tag, manchmal ist es ein Manöver, manchmal ein Mangel an Disziplin, manchmal betrinken sich die Soldaten nur und spielen russisches Roulette. Ab und zu erschießen sie sich gegenseitig, oder irgendein Jungspund jagt sich in der Nachtwache eine Kugel durch den Kopf. In der Stadt erregt es definitiv kein Aufsehen, wenn geschossen wird. Keiner wendet auch nur den Blick vom Unkraut Jäten oder Fische Ausnehmen ab.

Nami und Zaza bleiben stehen. Beiden zittern die Hände, die Vibrationen laufen bis in die Fingerspitzen und verstärken sich gegenseitig. Zaza lässt Namis Hand los, und ohne sich umzublicken, hebt sie ihren Rock. Der kleine Dunkle presst sich von hinten an sie und knetet ihre Brüste. Zaza hat die Augen fest geschlossen, ihr Kinn bebt.

»Pass auf, Serjoscha«, sagt der kleine Dunkle, und Serjoscha, dieser gutmütige Batzen Fett, nickt. Seine Kalaschnikow hält er nachlässig mit der rechten Hand fest, den Finger am Abzug, während er am Daumen seiner linken Hand herumkaut. Hinter seinen geschlossenen Lidern sieht Nami die Szene ablaufen, wie er dem Dickwanst mit einer einzigen Bewegung die automatische Waffe aus der Hand tritt und ihn zu Boden wirft, dann zwingt er den zweiten Idioten sich hinzuknien und schießt seinen Schwanz zu Brei. Als er die Augen aufmacht, fällt sein Blick auf Zazas hüpfende Brust, milchweiß und mit einem dunklen Warzenhof, und er sieht die braunen Pobacken des Soldaten pulsieren, die linke mit einem hässlichen Muttermal. Nami presst sich beide Hände gegen den Kopf, als wollte er ihn zerquetschen. Er hat das Gefühl, dass seine Augen gleich aus ihren Höhlen quellen, doch das ist auch schon alles. Er hält sich die Ohren zu, um Zazas Schreie nicht hören zu müssen. Aber Zaza schreit nicht, sie ist vollkommen still, die Augen geschlossen, die Lippen aufgebissen, sie stöhnt nicht einmal auf.

»Na, hast schön zugeguckt, du Blödmann?«, sagt der kleine Dunkle, als er von Zaza ablässt. Er schaut auf sein Glied, tätschelt es stolz und steckt es wieder in die schmutzige Uniformhose hinein.

»Komm, Serjoscha, du bist dran«, winkt er seinem Gefährten, und Serjoscha macht sich die Hose auf. Er blinzelt nervös. Nami nutzt den Moment seiner Unaufmerksamkeit und rast los wie ein Geschoss. Er kullert den Hang hinunter und schlägt Haken zwischen den Bäumen bis zum Waldrand, wo die Staubpiste endet, die durch die ganze Stadt führt. Er weiß, wenn er es bis in den Hafen schafft, dann trauen sich die Russen nicht mehr, nach ihm zu schießen. Er weiß, wenn er Serjoschas erigierten Penis sähe, würde er ersticken.

»Nami!«, hört er Zaza ihm nachrufen.

In den nächsten Tagen kommt Nami tagsüber gar nicht aus dem Hühnerstall heraus. Er schläft nur mit Mühe, jedes Mal, wenn er die Augen zumacht, sieht er Zazas milchweiße hüpfende Brust. Sie ist ihm zuwider, so wie die ganze Zaza. Er hat das Bedürfnis, sich zu waschen; jede Nacht schleicht er sich davon und badet im eisigen See; seine Haut juckt dann nur umso mehr und das Ekzem breitet sich aus. Die Nächte sind kalt, am Morgen ist der Wassertrog mit Eis bedeckt. Nami presst sich an die Hennen, sie wehren sich nicht und teilen ihre Wärme mit ihm.

»Es ist kalt hier«, sagt er zum Kolchosvorsitzenden, als der ihm irgendwelche abgenagten Knochen bringt.

»Stimmt«, nickt er und richtet sich auf.

»Ich bleib nicht hier«, sagt Nami. Eine gewisse Entschlossenheit in seiner Stimme bringt den Vorsitzenden dazu, sich umzudrehen.

»Ich hab gesagt, dass ich nicht länger hier im Hühnerstall bleibe«, wiederholt er, aber der Vorsitzende verzieht nur das Gesicht. »Jede Nacht geh ich hier raus, weil du so ein Stümper bist, dass du nicht mal die Tür ordentlich abschließen kannst, und besteige deine Frau«, sagt Nami leise. »Ich hätte jederzeit hier weg gekonnt. Direkt zur Polizeiwache rennen. Wenn die rauskriegen, dass du mich hier einsperrst, setzen die dich noch am selben Tag auf einen Kahn und schicken dich zum Seegeist. Ich könnte dir in der Nacht die Hütte überm Kopf anzünden.«

Der Vorsitzende erwidert seinen finsteren Blick, ohne etwas zu sagen.

»Ich will nicht mehr in dem stinkenden Hühnerstall bleiben«, sagt Nami zum dritten Mal; nach den Wochen, die er hier verbracht hat, kriegt er vom Gestank von Hühnerkacke Erstickungsanfälle. Fieberhaft reibt er sich die Handgelenke. Der Gedanke, dass er das Haus verlassen sollte, in dem er aufgewachsen ist, lässt ihm das Blut in den Kopf schießen. Seine Augen scheinen nicht mehr in ihre Höhlen zu passen.

»Ich geb dir meinen Segen. Du kannst raus«, sagt der Vorsitzende hastig. Nami nickt. Mit einem Ruck reißt er die Stalltür aus den Angeln, zieht den Kopf ein und folgt dem Vorsitzenden nach draußen. Der Himmel ist grau, die Luft kühl. Als Nami klein war, fiel zu dieser Zeit bereits Schnee und er war mit den Kindern auf dem Hang oberhalb der Schule rodeln. Jetzt war schon einige Winter lang kein Schnee gefallen, so wie es auch nicht mehr geregnet hatte, weder im Frühling noch im Herbst.

»Ich geh aus Boros weg«, sagt Nami und atmet tief durch.

»Gute Idee«, stimmt der Vorsitzende zu.

»Ich darf jederzeit in mein Haus zurückkommen. Und ich brauche Geld.«

»Gut«, sagt der Vorsitzende, holt sein Portemonnaie aus der Tasche und reicht Nami ein paar Geldscheine. Als Nami nach ihnen greift, drückt der Vorsitzende drückt sie sich noch einen Moment gegen die Brust. »Hast du mit meiner Frau geschlafen?«

Nami schüttelt lächelnd den Kopf. »Die ist doch hässlich wie ein Räuber.«

Der Vorsitzende verzieht das Gesicht, dann nickt er und gibt Nami das Geld. Es ist nicht viel, aber es ist das erste Mal, dass er Geldscheine in der Hand hält. Sie sind rot und grün und ziemlich abgegriffen.

»Warum bist du nicht eher weg?«, fragt der Vorsitzende und schüttelt verständnislos den Kopf.

Nami zuckt mit den Schultern. Er kann ja nicht ausgerechnet dem Vorsitzenden erklären, wie schwer es gewesen wäre, dem tagtäglichen Vergnügen mit Zaza zu entsagen. Seine Lunge schnürt sich zusammen. Er geht ins Haus, seine paar Sachen packt er in Großvaters Tornister, mit dem er immer zu den Schulausflügen gegangen ist: ein Messer zum Fische Ausnehmen, zwei Bücher aus der Schulbibliothek und den entsprechenden Bibliotheksausweis, ein aus einer Zeitschrift ausgeschnittenes Foto der Hauptstadt, eine Urkunde für den zweiten Platz beim Gedichtwettbewerb, ein Wechselhemd und die guten Hosen, einen Kamm und die paar aus dem Unterwäschekatalog herausgerissenen Seiten. Die Frau und das dreiarmige Kind sind nicht da, und Nami ist froh, dass er sich nicht verabschieden muss.

»Schreibs auf«, befiehlt er.

Der Vorsitzende sitzt in der Küche am Tisch, den Kopf in die Hände gestützt.

Er zuckt zusammen. »Was?«

»Schreib, dass ich aus dem Haus weggehe mit deinem

Segen und dass es, wenn ich hierher zurückkomme, genauso meins wie deins sein wird.«

»Du bist ein raffiniertes Arschloch.«

»Schreib.«

Der Vorsitzende erhebt sich schwerfällig, aus dem Regal über dem Fenster nimmt er ein Blatt Papier von einem Stoß, der mit einem Stein beschwert ist. Er sitzt am Tisch und denkt lange nach, dann schreibt er ein paar Sätze und faltet den Geleitbrief dreimal. Nami steht breitbeinig hinter dem Vorsitzenden und trinkt frisches Wasser aus der Kelle, bis es ihm übers Kinn läuft. Es schmeckt ein wenig sauer. Eine Tasche füllt er sich mit Eiern aus dem Körbchen auf dem Tisch, in die andere schüttet er sich Rosinen aus der Schale, die für das Kind bereitsteht. Er entfaltet den Zettel, liest ihn aufmerksam durch, und sein Gesicht verfinstert sich.

»So nicht«, sagt er. Er greift in den Ofen nach der Pfanne mit dem gebratenen Fleisch und stopft es laut schmatzend in sich hinein, während der schwitzende Vorsitzende einen neuen Segen kritzelt. Diesmal ist Nami zufrieden und steckt den Zettel in die Tasche von Großvaters dickem Schafspelz, der nach wie vor an der Tür hängt.

»Du Rotzlöffel, jeder andere Erwachsene, der nicht so gutmütig ist wie ich, wischt sich mit dir den Arsch ab. Du wirst es nicht mal bis ans Ende der Stadt schaffen.«

»Dir klebt Hühnerkacke am Hemd«, sagt Nami, ohne den Vorsitzenden anzusehen. Er zieht Großvaters Pelz über und stellt fest, dass er ihm zu eng ist. Sein Kinn ist fettig.

Der Vorsitzende schiebt das Zeug, das sich vor ihm auf dem Tisch auftürmt, beiseite – einen Salzstreuer aus gelbem Glas, eine Flasche Limonade, seine Brille, die Zeitung, landwirtschaftliche Berichte, ein abgerissenes Stück Fliegenfänger – und legt seinen Kopf auf die Tischplatte. Er atmet schwer und geräuschvoll.

Wie aus dem Nichts erscheint seine Frau und legt ihm sanft die Hand auf die Schulter.

»Der Seegeist ist zornig, stimmts, Borek? Deswegen hast du ihn gehen lassen, stimmts, Borek?«

»Sei still.« Er holt wütend nach ihr aus, und sie schafft es gerade noch, beiseite zu springen.

Der schwere Pelz schnürt ihn ein, aber er wärmt. Nach vielen Tagen ist Nami endlich nicht mehr kalt. Er geht nicht auf dem Weg, sondern parallel dazu, sodass unter seinen Füßen das vertrocknete Gras von letztem Jahr knistert. Ansonsten ist es winterlich still, er hört nur das entfernte Plätschern des Sees. Er sieht, wie aus der Mädchenschule eine bunte Menge herausströmt, gelbe, weiße und türkisfarbene Mützen und Schals auf grauen Mänteln, und es gibt ihm einen Stich. Schnell wendet er den Blick ab, er will nicht wissen, ob auch Zaza unter ihnen ist, auf der Zunge schmeckt er saure Magensäfte. Er wirft sich ein paar Rosinen in den Mund, schiebt sie lange mit der Zunge hin und her und lutscht an ihnen herum. Von Weitem sieht er, dass das Staatslenkerdenkmal seine rechte, winkende Hand eingebüßt hat, und das freut ihn.

In der Non-Stop-Bar sitzen nur ein paar Stammgäste,

alle sind drin, die Tür ist zu. Auf Namis Brusthöhe hängt eine graublaue Rauchwolke. Die Wirtin hinterm Tresen singt leise vor sich hin, ihre Füße liegen auf einem Hocker, die rot gemalten Lippen wie eine tödliche Wunde. Als sie Nami anblickt, wirkt sie nicht überrascht.

»Wohin bist du denn unterwegs, Täubchen?«

»Ich fahre in die Hauptstadt.«

»Hier hält dich nichts mehr, was?«

Nami zuckt mit den Schultern.

»Deine Großmutter tut mir leid. War eine gute Frau.«

Nami nickt.

»Willst du einen Kaffee?«

»Mhm.«

Die Wirtin steht langsam auf und erhitzt das Wasser.

»Recht so, Täubchen. Das hier ist ein entsetzlicher Ort. Ich würde sofort mitkommen.«

Nami zittert.

»Das würde ich. Ich hätte gehen sollen. Aber jetzt bleib ich.«

»Marina, vergiss den Jungen und schenk lieber uns nach.«

»Halt die Klappe«, winkt Marina ab.

Die Stammgäste am Tisch murren, wagen es aber nicht, zu protestieren. Marina gießt den Kaffee in einem Blechbecher auf, gibt ein paar Tropfen Schnaps dazu, rührt um und reicht das Ganze Nami. Ihre Wangen sind groß und rot, durchzogen von geplatzten Äderchen.

»Das wird dich aufwärmen, Täubchen, der Weg ist weit. Selbst wenn er über den ganzen See führen sollte, lohnt es sich, hier die Kurve zu kratzen. Das Russenpack hat schon wieder ein Mädchen vergewaltigt, hast du davon gehört?«

Nein, hat er nicht, schüttelt Nami den Kopf und beugt sich über seinen Kaffee.

»Es ist immer dasselbe: Sie lauern ihr im Wald auf, machen ihr Leben kaputt, und keiner bestraft sie, weil weder unsere Polizei noch unsere Gerichte Macht über sie haben. Elende Dreckskerle!«

Marina seufzt, macht die Kasse auf und gibt Nami drei Geldscheine.

»Hier, von mir.«

»Aber das ist schrecklich viel!«

»Und was passt dir daran nicht?«, fragt sie erbost.

»Entschuldigung«, flüstert er und versenkt das Geld in der Tasche des Pelzmantels.

»Denkst du, da draußen wartet jemand auf dich mit offenen Armen? Geh sparsam damit um. Komm mal her.«

Nami lehnt sich über den Tresen, Marina packt seinen Kopf und küsst ihn auf die Stirn. Es ist der trockene Kuss einer alten Frau, er riecht nach Zwiebel und verlorener Selbstachtung.

»Pawel!«, ruft sie, als sie sich aufrichtet.

Einer der Stammgäste dreht sich um. Er hat eine Glatze und breite Schultern und ist auf beiden Unterarmen ungeschickt tätowiert.

»Fährst du nicht zufällig jetzt irgendwann in die Hauptstadt?«

Der Stammgast nickt. Marina geht zum Tisch, die Hände in die Hüften gestützt bespricht sie eine Weile etwas mit ihm. Sie zeigt auf Nami und nickt. Manchmal hebt sie die Stimme, aber Nami versteht sie trotzdem nicht. Pawel schaut Nami durch die Rauchwolke prüfend an und reißt dann in einer Geste der Resignation die Arme auseinander.

»Pawel fährt morgen mit einem Tanker in die Hauptstadt. Er nimmt dich mit an Bord.«

»Ich fass es nicht!«

»Na ja, na ja. Er ist mir was schuldig, und jetzt passt es gerade.«

»Danke, Tante Marina.«

Angewidert schnaubt sie.

»Die Tante kannst du dir sparen.«

Pawel winkt dem Jungen zu, der sich seinen Tornister samt dem immer noch heißen und ziemlich miesen Kaffee schnappt, um sich zu ihm zu setzen. Pawel hat seine behaarten Unterarme, auf die Seejungfrauen und der Name Natalia tätowiert sind, auf die Plastiktischdecke gestützt. Unter seinen buschigen, zusammengewachsenen Augenbrauen starrt er finster vor sich hin. Den ganzen Abend und die ganze Nacht, die sie gemeinsam an seinem Tisch sitzen (gegen Morgen liegt dann sein Kopf auf dem Tisch, und er döst), hört Nami ihn kein einziges Wort sagen.

Es ist noch dunkel, als sie zusammen die Non-Stop-Bar verlassen. Die Restfeuchte der Luft hat sich in Blitzeis auf dem Kies verwandelt, über den sie abwärts zum Hafen laufen, Nami tritt leichtfüßig auf, wie ein Ball, der vom Boden zurückfedert, während Pawel vorsichtig geht, als ob der Alkohol in seinem Körper gemächlich hin und her schwappen würde und er nichts vergießen dürfe. Über den Holzsteg laufen sie sehr unsicher; Nami geht hinter Pawel und kämpft gegen den inneren Drang an, ihn zu stützen. Als sie ungefähr die Hälfte des Stegs hinter sich haben, legt sich Pawel ohne ein Wort auf die Bretter, zieht sich die Kapuze seiner ausgeblichenen Fischerjacke über den Kopf und schließt die Augen. Nami zittert vor Kälte, die ihm bis unter die Fingernägel gekrochen ist.

»Steh auf, Onkel Pawel«, sagt er zaghaft, aber Pawel rührt sich nicht. Nami erinnert sich, wie Großmutter immer ihren Mann geweckt hat, wenn er in solchem Zustand nach Hause gekommen und vor der Tür hingefallen war: Sie wechselte in einen Offizierston, scheuchte ihn mit lauten und deutlichen Anweisungen vom Boden hoch und bugsierte ihn bis ins Bett. »Betrunkenen muss man Befehle erteilen«, seufzte sie immer in Richtung des wegnickenden Nami, wenn sie ihren Mann im Schweinsgalopp vor sich hertrieb.

»Aufstehn!«, schreit Nami den röchelnden Pawel.

»Aufstehn, du Faultier!«

Pawel kommt langsam hoch, zuerst auf alle Viere, dann begibt er sich ganz vorsichtig in die Senkrechte. Er wankt, kann aber stehen.

»Und hopp aufs Boot, Saubande!«, ruft Nami. Pawel setzt sich in Bewegung, unsicher blinzelt er in die Morgendämmerung, aber er geht in die richtige Richtung, und es sieht so aus, als könne er sich auch auf dem zwei Meter breiten Holzsteg halten, ohne hinunterzufallen. Nami bleibt hinter ihm und lächelt müde. Als Pawel ins

Boot steigen will, scheint es zunächst, als würde er es schaffen, doch dann kommt er unwiderruflich ins Schwanken, stolpert und fällt in den schmalen Streifen kaltes Wasser zwischen Boot und Steg. Nami setzt sich auf die Bretter und schaut zu, wie Kapitän Pawel versucht, an Bord zu klettern. Seine Bewegungen sind zweckmäßig, fast automatisch, kein unnötiges Spritzen oder Fluchen, von der vorausgegangenen Trunkenheit keine Spur mehr. Nami springt hinüber aufs Boot, und nachdem sie sich eine Weile keuchend abmühen, gelingt es ihnen mit vereinten Kräften, Pawel an Bord zu hieven.

»Danke«, sagt Pawel. »Mach die Leine los.«

Pawel lässt den Motor an und fast ohne hinzuschauen lenkt er das Boot zur Silhouette eines rotschwarzen Öltankers, der im Osten der Bucht vor Anker liegt. Beide schweigen, man hört nur den Motor dröhnen und das Boot auf die Wellen klatschen. Pawel schnieft, seine Nase läuft, die Haare tropfen. Nami verkriecht sich in seinem Pelz und schaut zum sich entfernenden Boros, das sich in der Dämmerung aus der Dunkelheit schält und allmählich rosa färbt. Am Horizont zerfließt die Silhouette der Parabolantenne zur Kommunikation mit den Außerirdischen. Namis Zähne klappern vor Kälte. Alles ist rosarot.

Nami beugt sich über Zazas weißen Körper und spürt, wie ihm das Blut in die Schläfen steigt. Sie lächelt und hält seinen Kopf fest zwischen ihren Händen. Nami nimmt ihre Brustwarze in den Mund, worauf Zaza seufzt und erblasst. Namis Puls steigt, bis er es kaum noch aushält. Mit dem Kopf gleitet er immer tiefer an ihrem Körper entlang, bis er ihren Schoß erreicht. Sein Kinn stößt gegen ein hartes Hindernis, er stellt fest, dass sich vor ihm eine staudammähnliche Betonmauer aufrichtet. Zaza stöhnt, er möge bloß nicht aufhören. Sie ist bleich und hat Schaum vorm Mund. Nami tastet fieberhaft an der Wand entlang, bis er eine kleine Tür findet, er drückt die Klinke herunter, und die Tür gibt zu seiner Überraschung nach. Er öffnet sie, dahinter ist ein langer Flur, erleuchtet nur von einem schwachen Schimmern an seinem Ende. Nami rennt, das Ende des Flurs scheint nicht näherzukommen.

Plötzlich fällt ihm ein, sich den Daumen in den Mund zu stecken, wie er das als Kind gemacht hat. Auf einen Schlag steht er endlich am Ende des Flurs und schaut aus ihm heraus auf den Venushügel, der vor seinen Augen aufragt. Er merkt, wie sein Herz rast. Die Härchen richten sich fröhlich auf, und auch Nami ist fröhlich. Auf einmal registriert er im Unterholz eine Bewegung; er reibt sich die Augen, aber es stimmt: Aus der Behaarung kommen Scharen von kleinen schwarzen Spinnen, sie krabbeln übereinander hinweg und strömen hervor, wie wenn man auf eine Erdölquelle stößt und das Öl unkontrolliert aus der Erde quillt. Nami schreit entsetzt auf und springt beiseite. Die Spinnen ergießen sich in einem Strom durch den dunklen Flur, und Nami rennt vor ihnen her zurück, schreit und spürt die Spinnen unter seinem Hemd.

Als er aufwacht, stellt er fest, dass er laut schluchzt. In

der Luft hängt Dieselgeruch, und man hört das eintönige Dröhnen des Motors. Er liegt auf dem Boden im Maschinenraum, schwankt auf und ab wie eine Boje auf dem Meer und verspürt Brechreiz. Er hat rasende Kopfschmerzen, sein Körper wird von Fieber gebeutelt.

Nami hat wilde Träume und zuckt im Schlaf. Er zittert, und über die Schläfen rinnt ihm der Schweiß. Der warme Metallboden heizt ihn auf. In klareren Augenblicken denkt er an Großmutter im Kahn, aber er ist sich nicht sicher, ob das gestern war oder vor einem Jahr. Er sieht seine eigene Nase, die ihm unbegreiflich groß vorkommt.

Das Schiff wird langsamer. Nami hört jemanden schreien, höchstwahrscheinlich ein Kommando an die Besatzung, es ist das kratzige Kläffen eines müden Mannes. Das Knirschen der Kette, dann spürt man, wie der Anker über Grund schleift. Auf einen Ellbogen gestützt sieht Nami einen Blechnapf mit Wasser vor sich, das er gierig hinunterkippt. An der Decke hoch über ihm hüstelt eine Leuchtstoffröhre. Der Maschinenraum ist zweigeschossig, mit einer Galerie auf halber Höhe. Ein dumpfes Dröhnen. Geräte, Wände und Rohrleitungen haben einen grünlichen Anstrich, der stellenweise abblättert.

Nami setzt sich auf und erblickt vor sich die Gestalt von Kapitän Pawel. Er sieht unausgeschlafen und ungesund aus, seine Haare sind fettig.

»Wir sind da«, nuschelt er an der Grenze der Verständlichkeit. »Hau ab.«

Nami nickt. Er riecht sein eigenes, nach Schweiß stinkendes Hemd. Viel zu schnell steht er auf, sodass ihm schwindlig wird. Er schwankt.

»Weißt du, wohin?«, fragt Kapitän Pawel und mustert ihn.

Nami schüttelt den Kopf, und wieder fängt die Welt an, mit ihm zu schaukeln. Hinter Kapitän Pawel bemerkt er ein paar Plakate mit nackten Mädchen. Sie recken ihre Hintern heraus und sind alle blond.

»Such nach dem großen Basar, bis dort kannst du dich leicht durchfragen. Dahinter ist ein Park, und in dem Park ist die Arbeitsbörse.«

Nami nickt. Er hat keine Ahnung, was eine Arbeitsbörse ist, aber er weiß, dass er dort auf jeden Fall hingeht, wie eine Motte, die vom glühenden Licht inmitten der Nacht angelockt wird. Als er stolpernd an Deck angekommen ist, holt er tief Luft, und es geht ihm ein bisschen besser. Es ist keine frische Luft, sie riecht nach verbranntem Diesel, Abfall und Fisch, aber zumindest bewegt sie sich. Vor sich sieht er die Hauptstadt. Er ist auf der anderen Seite des Sees. Ihm wird schwindlig, fast fällt er in Ohnmacht.

II.

Larve

Wenn Nami die Stadt beschreiben sollte, wüsste er nicht, wo er anfangen soll. Die Häuser hier sind so hoch, dass er sich instinktiv duckt und seine Augen ständig den Himmel zwischen ihnen suchen. Die Luft ist erfüllt von Gehupe, Abgasen und Geschrei. Eine Frau schimpft in hoher Tonlage mit einem heulenden Kind. Überall riecht es nach Fäkalien, süßen Parfüms und Bratfett. Papierfetzen und Straßenstaub wirbeln durch die Luft. Die Menschen hier sehen ein bisschen anders aus; sie haben strahlendere, glänzendere Augen und bewegen sich schneller. Sogar die Straßenhunde scheinen es irgendwie eiliger zu haben. An den Wänden kleben bunte Plakate in vielen Schichten, die sich unten ablösen und den Staub aus der Luft fangen.

Als jemand hinter seinem Rücken hupt, macht Nami macht vor Schreck einen Satz. In einem unnatürlich sauberen, auf Hochglanz polierten Geländewagen sitzt am Lenkrad eine junge Frau mit Sonnenbrille. Auch ihr Haar glänzt, die Zähne und eine Batterie von Armreifen an der Hand, mit der sie in seine Richtung gestikuliert. Nami bleibt stehen und schaut sie an; die Frau zetert und wedelt mit der Hand, er möge gefälligst aus dem Weg gehen. Auf dem mit Silberstrass übersäten T-Shirt das Bild eines Seepferdchens, unterm Stoff zwei große, runde, dreidimensionale Brüste. Nami hat eine schmerzhafte Erektion. Jemand schubst ihn, und der weiße Geländewagen fährt endlich hupend los. Nami schaut ihm lange hinterher und streicht sich in Gedanken übers Brustbein. Eine Blondine in mittleren Jahren mit schwarz nachwachsenden Haaren prustet spöttisch. Um die Hüften hat sie speckige Schwimmringe und auf der Oberlippe einen Damenbart.

»Wie spät ist es, Tantchen?«, fragt er sie. Er hat nicht einmal eine Ahnung, was für eine Tageszeit gerade herrscht. Die Sonne steht ziemlich niedrig, der Himmel ist wolkenlos, aber es weht ein Wind, aber es weht ein Wind, der eine Keksverpackung um sein Bein gewickelt.

»Tantchen?« Sie starrt ihn über ihr Brillengestell hinweg an und fängt dann dermaßen an zu lachen, dass die Speckringe hüpfen. In ihrem Mund klackern ein paar Goldzähne. Nami schaut sie an, den Kopf zur Seite geneigt, und wartet, dass sie mit dem Lachen wieder aufhört. Die Frau stellt ihre Einkaufstüte auf den Boden, nimmt die Brille ab und wischt sich die Tränen aus dem Gesicht.

»Es ist halb neun«, sagt sie schließlich. Sie nimmt ihre Tüte wieder in die Hand und wendet sich zum Gehen. »Halb neun, Junge.«

»Danke«, sagt Nami. Die Frau dreht den Kopf und lächelt.

»Willst du eine Pirogge?«

»Ja, gerne.«

»Ja gerne? Bist du ein Kerl? Reiß dich zusammen!«

»Aber ich hab wirklich Hunger.«

»Komm mit.«

Sie überqueren die Straße. Der Wind bläst kalt, Nami zittert, obwohl er Großvaters Pelzmantel trägt. Die Frau geht durch eine Glastür, an der eine rote Neonschrift leuchtet. Die meisten Buchstaben fehlen allerdings, sodass Nami keine Ahnung hat, was früher dort gestanden haben mag. T----K----ER---M. K--K--H.

Am Tresen bestellt die Frau für Nami zwei Piroggen mit Fleisch und für sich selbst einen Kaffee. Ohne ein Wort schaut sie zu, wie die Gebäckstücke in Nami verschwinden, sie raucht und wiegt den Kopf hin und her. Ihre Nägel sind hellrot, wie das Blut von einem Zicklein. Der Typ hinterm Tresen mit seiner schmuddeligen weißen Kappe hüstelt neurotisch und stößt unabsichtlich mit dem Bauch gegen die Kasse. Die Piroggen schmecken nach verbranntem Öl und stoßen Nami noch nach mehreren Stunden wieder auf.

Er trägt der Frau die Einkaufstüte in den dritten Stock. Seine Beine knicken bei jedem Schritt ein bisschen weg. Die Frau macht eine müde Handbewegung Richtung Aufzugschacht und erklärt, dass der Lift nicht gehe, er sei noch nie gegangen. Nicht einmal eine Kabine hätten sie in den Schacht montiert. Sie atmet schwer, kramt in ihrer großen weißen Handtasche und sucht den Schlüssel.

»Komm rein.«

Im Flur hinter der Tür liegt honiggelbes Licht. Nami nimmt den Geruch von Mottenkugeln wahr, und ihm wird von dem vertrauten Duft leicht schwindlig. Für einen Augenblick ist er wieder in Großmutters Schrank, wo er immer saß, wenn er sich vor seinem betrunkenen Großvater verstecken musste, den Mottenkugelduft einatmete und sich den verlausten Kopf kratzte. Diese Frau hat bestimmt warme Milch und ein weiches Bett mit fluffigen Daunendecken. Sie schlüpft in Gummipantoffeln. Als sie ihren rosa Steppmantel an den Haken hängt, umweht Nami durchdringender Moschusgeruch.

»Komm doch rein«, trötet die Moschuslady ihm fröhlich zu. »Was stehst du denn da rum wie eine abgebrochene Erle?«

Nami hat das Gefühl, in Ohnmacht zu fallen. Ihn überkommt eine derartige Schwäche, dass er den Kopf gegen den Türrahmen lehnen muss.

»Ich muss los«, nuschelt er unverständlich. »Wo gehts zum Basar?«

»Komm und ruh dich aus«, sagt die Moschuslady und neigt den Kopf, sodass das Fett in ihrem Doppelkinn zur Seite fließt. Sie streckt die Hand nach ihm aus und macht einen Schritt auf ihn zu. Nami schüttelt resolut den Kopf, schubst sie weg, hat das Gefühl, zu ersticken. Ihm wird übel. Er hebt seinen Tornister vom Boden auf und stürzt hastig die Treppe hinunter.

»Du bist vielleicht ein Idiot«, ruft sie hinter ihm her. »Dann geh doch.« Noch ehe er unten ist, hört er ihre Tür zuknallen.

Kurz danach ist er wieder auf der Straße. Er läuft aufs Geratewohl los. Geht beschwingt, ihm ist schon besser, ab und an macht er sogar einen Hüpfer, wenn er Schlaglöcher auf dem Fußweg überwinden muss. Einmal schließt sich ihm ein schmutziger gelber Hund an, aber der biegt an der nächsten Kreuzung rechts ab.

Die Luft ist kühl und scharf wie eine Klinge. Eine Windböe bringt von irgendwoher Dieselgeruch mit. Nami stößt gegen Menschen, sieht sich Schaufenster an, manchmal bleibt er stehen und lauscht dem Lärm der Stadt. Ein paar Mal bemerkt er, dass er wieder an derselben Stelle ist wie kurz zuvor. Einmal erschrickt er vor seinem eigenen Spiegelbild in der Scheibe eines Schuhgeschäfts; seine Lippen sind geschwollen und bedeckt von sich abschälenden Hautfetzen. Er gräbt sich ins Relief der Stadt ein. Als ihm langsam die Füße wehtun und die Kälte unter die Fingernägel kriecht, sieht er die ersten Stände des Basars, Kisten mit Kartoffeln, Körbe mit Fischen und roten Äpfeln und Einmachgläser mit eingelegtem Gemüse, Plastikschüsseln mit Honigwaben. Er riecht den Duft von Hammelfleisch vom Grill und muss schlucken. Aus mehreren Radios dröhnt basslastige Musik, zu der hohe Stimmchen trällern.

Die Marktleute an den Ständen haben breite Gesichter und tiefe Furchen um die Augen, genau wie die Einwohner von Boros. Nami kauft sich einen Becher Tee und eine Hammelfleisch-Frikadelle. Der heiße Fleischsaft rinnt ihm in die Kehle und treibt ihm die Tränen in die Augen. Er lächelt in größter Verzückung.

»Wo ist hier die Arbeitsbörse?«, fragt er die Frikadellenverkäuferin mit dem grünen Kopftuch. Die nickt, versteht ihn aber nicht. Ihr Radio ist viel zu laut, und so muss Nami die Frage zweimal wiederholen. Die Marktfrau weist mit dem Kopf unbestimmt in die Richtung, aus der Menschenmengen geströmt kommen. Nami macht sich auf den Weg dorthin. Seine Hände wischt er sich am Pelzmantel ab. Er atmet tief durch. Die kalte Luft brennt in der Nase.

Nachdem er sich etwa fünfzig Meter zwischen den Marktständen hindurchgeschlängelt hat, gelangt er wieder an den Rand des Basars, erkennbar an den offenen

Containern voller Fliegen und vergammelter Lebensmittel. Jenseits der Straße beginnt ein Park. Er ist gepflegt, die Wege frisch geharkt, das Laub zusammengerecht. Am Anfang steht ein Springbrunnen, der wohl wegen der niedrigen Temperaturen abgestellt worden ist. Eine Nixe mit einem Krug in der Hand befindet sich in dessen Mitte. Im Sommer fließt aus dem Krug das Wasser in einen flachen Teich, in dem bei Hitze vermutlich Kinder herumtoben, aber jetzt ist der Teich leer, und auf seinem Grund liegt nur eine zerfetzte Plastiktüte. Die Nixe trägt eine enganliegende Tunika, unter der sich deutlich ihre Brüste abzeichnen. Nami betrachtet sie interessiert von allen Seiten. Er rückt sich den Tornister gerade und bemerkt, dass sich der Himmel inzwischen zugezogen hat.

Eine mit wildem Wein überwucherte Mauer bildet auf einer Seite die natürliche Grenze des Parks. Nami entdeckt eine vergitterte Öffnung in der Mauer, und als er näherkommt, sieht er ein käfigartiges Gehege, offenbar leer. Auf dem Betonboden liegt eine Coca-Cola-Dose und ein langer Stock voller Beißspuren. Vom Boden ragt bis zur Decke ein vertrockneter Baumstamm auf. Als Nami hinaufblickt, sieht er ganz oben ein haariges Tier sitzen. Es blickt ihn desinteressiert an und spielt an seinem Penis herum.

Nami spürt neben sich die Gegenwart einer anderen Person. Es ist ein Mann in einer khakifarbenen Jagdweste mit einem Heiligenschein aus Silberlocken.

»Was ist das?«, fragt er ihn.

»Ein Affe«, antwortet der Mann und zieht an seiner Zigarette.

»Schon klar, aber was für einer?«

»Einfach ein Affe«, sagt der Mann. »Er heißt Maimun.«

»Maimun!«, ruft Nami, aber der Affe bleibt weiterhin völlig unbeeindruckt. Er hockt auf seinem Ast und hat sein Gemächt in der Hand. Irgendwann dreht er sich um und zeigt Nami den roten Hintern.

»Warum ist er hier?«, fragt Nami.

»Warum wohl?«, sagt der Mann mit großen Gesten. »Das ist der Stadtpark. Die Kinder kommen, zuerst gehen sie zum Steinbären, dann zum Springbrunnen, zu Maimun und am Ende ein Eis essen. Jeden Sonntag.«

»Warum hält er die ganze Zeit seinen Pimmel fest?«

Der Mann mit der Jagdweste blickt mit Leidensmiene zum Himmel und breitet die Arme aus. »Junge. Was soll ich dir darauf antworten? Weil er kann?«

Nami kichert.

»Maimun«, wiederholt er leise. Maimun dreht Nami weiterhin demonstrativ sein Hinterteil zu. In der Nase beißt der scharfe Geruch nach Affenmoschus.

Die Arbeitsbörse ist bevölkert von Männern in Dreier- oder Viererreihen, die in allen Farben der Traurigkeit gekleidet sind und den Duft nach Menschlichkeit und ungewaschener Unterwäsche verströmen. Die meisten schweigen und schauen schicksalsergeben zu Boden. Ihre abgearbeiteten Hände mit dem für alle Ewigkeiten eingefressenen Schmutz ballen sie zu Fäusten. Wenn auf der Straße ein Auto mit einem potenziellen Arbeitgeber anhält oder abbremst, stellen sich die Männer aufrecht hin und ziehen die Bäuche ein. Aus dem Autofenster schiebt sich eine Hand heraus und winkt jemanden mit einem Finger heran. Drei oder vier rennen aus der Formation zum Auto und beginnen mit dem Besitzer der Hand zu verhandeln. Nach einem kurzen Gerangel steigen dann ein oder zwei der Mietmänner ins Auto, und ihr Platz in der ersten Reihe wird rasch von einem der Fußsoldaten aus der zweiten Reihe eingenommen. Ein Stück weiter steht ein Heer von weiblichen Leiharbeiterinnen, potenzielle Putzfrauen, Gärtnerinnen und Kindermädchen. Von dort hört man gedämpfte Gespräche und gelegentlich ein Lachen, wie als Nami im Frühling unterm Kirschbaum im Garten gelegen und dem Summen der Bienen in der Krone gelauscht hat.

Nami stellt sich ans Ende der dritten Reihe. Den ganzen Nachmittag kommt er nicht zum Zug, kein potenzieller Arbeitgeber schaut ihn auch nur an, keiner zeigt mit dem Finger auf ihn und fragt, wie viele Säcke Zement er tragen kann. Als die Dämmerung anbricht, zerstreut sich die Menge langsam. Obwohl er ununterbrochen von einem Bein aufs andere getreten war, ist Nami durchgefroren. Die Frau, der er mit den Einkäufen geholfen hatte, würde ihm bestimmt einen Becher Tee geben und vielleicht auch ein sauberes Bett, aber bei der Erinnerung an ihren scharfen Körpergeruch und das Quietschen der Gummischuhe schüttelt es Nami.

Die Nacht verbringt er im Park vor Maimuns Käfig. Er schläft wenig und mit vielen Unterbrechungen, er bibbert vor Kälte, aber am Morgen steht er relativ erfrischt auf, auch wenn Ohren und Nase eiskalt sind. Als die Marktleute ihre Stände aufmachen, kauft Nami sich süßen schwarzen Tee und einen Sauerkrautfladen. Der Tag heute ist etwas freundlicher, die Sonne versucht, sich zwischen den Wolken hindurchzuquetschen, aber es weht ein kalter Wind. Nami geht wieder zur Arbeitsbörse, und weil er heute so früh gekommen ist, steht er gleich in der zweiten Reihe. Ein paar Gesichter erkennt er vom Vortag wieder. Er grüßt sie mit einem Kopfnicken, dann beachten sie sich bis zum Abend nicht mehr. Nur wenn einer von ihnen mal aufs Klos muss, halten sie sich gegenseitig den Platz frei.

Nami rechnet aus, dass sich die Kunden jeden Tag ungefähr ein Fünftel der verfügbaren Arbeitskräfte aussuchen. Also sollten ihm fünf Tage genügen. Es dauert aber doppelt so lange. Das Geld geht ihm langsam aus, und jede weitere Nacht ist noch ein bisschen kälter. Er kann seinen eigenen Gestank kaum noch ertragen. Seine Haare jucken.

Eines Tages kommt ein Typ in einem Lieferwagen und zeigt auf Nami und noch zwei andere. Ohne eine Frage lädt er sie auf die Ladefläche und bringt sie zu einem Lager im Hafen, wo sie Waren aus einem Schiff ausladen sollen. Die Arbeit ist schwer; einer der Männer, die am selben Tag wie Nami angefangen haben, zerschmettert sich gleich in der ersten Schicht den Knöchel. Nami hat keine Handschuhe und schon nach ein paar Stunden bekommt er Blutblasen an den Händen. Vom Anheben und Tragen der Kisten mit Möhren und Zwiebeln tut ihm der Rücken weh. Er glaubt nicht, dass sich in der gesamten Stadt genug Leute finden, die so viele Zwiebeln vertilgen könnten. Alle haben fünfzehn Minuten Mittagspause. Seine Kollegen sparen, so wie Nami auch, und statt etwas zu essen, zünden sie sich am Betonpier des Hafens nur eine Zigarette an. Sie sitzen auf Holzkisten, ziehen an ihren billigen Kippen und starren schweigend auf den See.

In den Mulden an der Stelle, wo einst offensichtlich der See gewesen sein muss, trocknet Schwefel, ein Nebenprodukt der Ölförderung, zu einer sich endlos erstreckenden gelben Masse ein. Aus dieser Masse, auf der Gestalten mit Schutzhelmen herumsteigen, werden große gelbe Blöcke herausgeschnitten, die auf Frachtschiffen nach Afrika und Australien transportiert werden. Im Hintergrund schlagen Flammen aus vier schwarzen Türmen.

Nach ein paar Tagen Agonie härtet Nami im Arbeitsprozess langsam ab. Die Schwielen verhornen, die Rückenschmerzen bleiben, treten jedoch hinter die Schwelle seiner Wahrnehmung zurück. Nach einer Woche bekommt er seinen ersten Lohn, es ist nur die Hälfte des versprochenen Betrags, die andere ziehen sie ihm für die Unterkunft im Wohnheim ab. Mit dem Geld muss er bedachtsam umgehen, ihm bleibt kaum genug fürs Essen, aber er versucht, etwas für eine neue Hose und eine Jacke zu sparen, damit er sich nicht so bäurisch vorkommt. Wenn er Hunger hat, trinkt er viel Wasser, um das Gefühl zu vertreiben. Er hat das undeutliche Bedürfnis, wenigstens einmal pro Woche unter Leute zu gehen, die nicht nach Fisch stinken und keinen Dreck unter den Nägeln haben. Irgendwo zwischen seinem Bewusstsein und seinem Unterbewusstsein taucht zudem eine verschwommene Gestalt auf, die er zwar nicht kennt, aber weil sie lange Haare und Brüste hat, geht er davon aus, dass es sich um eine Frau handelt. Irgendwie spürt er, dass er sie gern hätte, aber aufgrund der Unklarheit dessen, was er in dieser Richtung unternehmen soll, vertagt er die ganze Angelegenheit.

Fließendes Wasser gibt es im Wohnheim nur selten mal für eine Stunde, wenn überhaupt, und es ist sowieso kalt. Im Winter wird nicht geheizt. Der Boden aus Pressspanplatten rottet langsam vor sich hin. Der saure Geruch aus den Klos durchdringt alles, sickert in die Wände ein, in die Kleidung, in die Haare, ins Kissen. Die Fenster haben statt Glasscheiben Sperrholzplatten, sodass der Wind durch die Ritzen pfeift. Die Betten sind hart, aber sicher nicht so hart wie der vertrocknete Rasen im Park vor Maimuns Käfig. In den kurzen Nächten wacht Nami auf und hört die sich entfernenden Schritte eines Mitbewohners, der noch eher als er selbst zur Schicht geht.

Elf weitere Männer wohnen in Namis Zimmer. Die kommen abends so müde hier an, dass sie sich nur noch ins Bett fallen lassen und schlafen. An die Wanzen haben sie sich gewöhnt und versuchen nicht, gegen sie anzukämpfen. Einmal hebt Nami seinen Strohsack an und findet im eisernen Bettgestell Tausende von ihnen. Die jungen Männer haben keine Kraft, sich zu streiten oder zu masturbieren. Nami denkt gelegentlich an Zaza, aber jede dieser Erinnerungen wird unbarmherzig vom Bild der sich rhythmisch bewegenden russischen Arschbacken zuschande gemacht, also vertreibt er sie schnell wieder. Seine Muskeln wachsen. Mit den anderen spricht er fast nicht, nur mit einigen wechselt er früh im Waschraum einen Gruß.

Eines Morgens wird er wach, und noch ehe er die Augen aufmacht, erstarrt er. Seinen Körper durchdringt eine Erkenntnis und er spürt, wie all seine Muskeln steif werden. Durch die geschlossenen Lider dringt ihm bereits das elektrische Licht aus der Glühbirne an der Decke in den Kopf. Seine Finger scheinen mit jedem Atemzug länger und wieder kürzer zu werden. Sein Herz schlägt wie wild. Er muss gar nicht unter sein Kopfkissen greifen, um zu wissen, dass die violette Socke mit seinen Ersparnissen weg ist. Die Arme presst er fest auf die Decke, die Augen hat er immer noch geschlossen. Er schaut sich nicht um, es sagt ihm sowieso keiner was. Er war einfach dumm; die Ersparnisse für die neue Jacke sind weg. Ab jetzt befestigt er sein Geld grundsätzlich mit einer Sicherheitsnadel in der Unterhose. Er beißt die Zähne zusammen und hält bis zum Frühjahr im Wohnheim durch.

Nami arbeitet jetzt in der Schwefelproduktion. Wenn er morgens im Dunkeln auf das Betriebsgelände kommt, sind seine Augen noch verklebt. Er muss zu Fuß gehen, weil keine Busse dorthin fahren und der Werkslaster nur die qualifizierten Arbeiter transportiert, die schon so lange in der Produktion tätig sind, dass sie meist an Lungenemphysemen leiden. Nami ist bloß Hilfsasphaltierer, und so geht er vom Wohnheim zu Fuß, die Hände tief in den Taschen seiner abgetragenen roten Skijacke, die er sich auf dem Basar gekauft hat; sie ist zwar gebraucht, aber sie wärmt. Er geht mit einem Grüppchen anderer Männer, kaum einer sagt ein Wort. Manchmal bildet die Luftfeuchtigkeit auf den Unebenheiten des Wegs eine Eiskruste, die unter ihren vom Betrieb gestellten Schuhen knirscht. Sie haben dicke Sohlen aus hartem Gummi, trotzdem fängt der heiße Asphalt schon nach kurzer Zeit an, durch sie hindurch zu brennen, was bis zum Ende der Schicht anhält. Mit den Schuhen muss Nami besonders aufpassen, wenn er sie kaputtmacht, kriegt er keine neuen.

Den ganzen Tag geht er einem Wagen hinterher, aus dem heißer Asphalt fließt. Er erinnert Nami an die Heidelbeermarmelade, die Großmutter für ihn gekocht und auf die Blini geschmiert hat; er saugt den süßlichen Geruch des flüssigen Asphalts ein, der ihn vollkommen durchdringt. Die zähe Masse verteilt er mit einem Holzschieber.

Als er nach Hause kommt, ist es bereits dunkel, seine Jacke ist mit feinem gelbem Schwefelstaub bedeckt. Füße und Lunge brennen, meist fällt er nur auf seinen Strohsack, ohne sich mit Körperhygiene aufzuhalten. Dafür ist nur sonntags Zeit; wenn es Wasser gibt, wäscht er unter der eiskalten Dusche schnell den Dreck der Woche ab und fühlt sich eine Weile nicht mehr vom eigenen Gestank belästigt.

Er borgt sich eine Schere und schneidet sich Finger- und Fußnägel und die Haare, die ihm schon über die Ohren wachsen. Dann macht er sich auf den Weg in die Stadt. Er hat niemanden, den er fragen, mit dem er sich beraten könnte. Er weiß auch nicht, wie er sich erkundigen soll; er weiß weder, wie seine Mutter heißt, noch wie sie aussieht. Er weiß nicht einmal, ob sie überhaupt noch lebt. Er sucht eine Frau, deren Existenz genauso real ist wie die des Seegeistes.

Er geht an verschiedene Orte: in den Bahnhofsimbiss, zu den Marktständen, in die Teestuben und in die besseren Kaffeehäuser (dort schaut er nur von der Tür aus hinein und bleibt hinter den schweren Vorhängen mit den goldenen Fransen verborgen), er forscht in den Gesichtern von Frauen und sucht nach etwas Greifbarem. Meist stößt er nur auf Desinteresse und verschmierte Wimperntusche. Die Frauen ignorieren ihn oder wedeln mit der Hand, als würden sie ein lästiges Insekt verscheuchen. Am liebsten geht Nami zum Hafen, wo er gelegentlich Leute aus seiner Gegend trifft, Matrosen von Öltankern und Fischer mit tiefen, salzverkrusteten Stirnfalten. Da er nicht weiß, wie er mit ihnen sprechen soll, setzt er sich einfach an den Nebentisch, trinkt russischen Tee aus einem hohen Glas und lauscht ihrem Gespräch. Die Männer reden von zerrissenen Netzen, von vertrockneten Bäumen, von ihren launischen Frauen, davon, wie viele Nachbarn mit einem Geschwür darniederliegen, und fast immer auch darüber, wie sie im Bordell waren oder gerade planen hinzugehen.

Nach einem Besäufnis nehmen sie Nami mit. Das öffentliche Haus namens Sinfonie ist ein noch deprimierenderer Ort, als sein Name es nahelegt. Gleich hinter der Tür ist so etwas wie ein Empfangsraum mit einer Rezeption, hinter der ein dicker Typ im Trainingsanzug die Zimmerschlüssel ausgibt und gleichzeitig Barmann spielt. Müde Mädchen sitzen auf schmuddeligen, teils durchgesessenen Diwanen. Besonders ähnlich sehen sie den Damen aus dem Unterwäschekatalog nicht; an den Oberschenkeln haben sie Cellulite und blaue Flecken, und unter den kurzen Blüschen schauen speckige Bäuche hervor. Auf den Oberlippen sprießt Bartflaum, zumindest bei einigen. Die Nägel sind lang und bunt, und zwischen den Fingern stecken Zigaretten.

Nami lehnt sich lässig gegen die Rezeption und betrachtet die Mädchen weltmännisch. Einige von ihnen sind eher reife Frauen, sie könnten seine Mutter sein. Er nimmt den Blick eines Mädchens mit puderfarbenem Kleid wahr; sie muss hier die Jüngste sein, sicher nicht viel älter als Nami selbst. Das Mädchen schaut ihn an, aber nicht aufreizend, eher müde, flehentlich. Nami beugt sich zu dem Typen hinter der Rezeption, aber der stellt in dem Moment die Musik auf volle Lautstärke, schriller orientalischer Diskopop mit einem Schreihals von Sängerin, sodass Namis Frage nach dem Preis im Lärm untergeht. Ein zweites Mal fragt er nicht. Seine Begleiter kippen einen Schnaps nach dem anderen und nach einer knappen halben Stunde sind sie betrunken. Sie fangen an, den Prostituierten etwas zuzurufen, die sich ihnen daraufhin angenervt auf den Schoß setzen. Das Mädchen mit dem puderfarbenen Kleid umarmt den speckigen Nacken eines Glatzkopfs mit der Figur eines abgehalfterten Ringkämpfers; Nami braucht sich gar nicht erst in seine Richtung zu beugen, um sich vorzustellen, wie er nach Schweiß und Zigaretten riecht.

Er bestellt sich eine Pepsi, zum ersten Mal in seinem Leben. Sie kostet so viel, wie er an einem Tag verdient. Während die Mädchen mit den Jungs in die Zimmer im hinteren Teil der Einrichtung verschwinden, bliebt Nami allein mit seiner Pepsiflasche und dem Strohhalm. Er trinkt langsam, es schmeckt köstlich und süß. Mit der Hand fährt er über den verchromten Rand des Tresens, während der Rezeptionist und Bordellverwalter den Sportteil der Zeitung liest. Nami steht auf und fragt, was es kostet, sich ein Mädchen zu mieten. Der Typ lacht auf und teilt ihm den Basistarif mit. Nami bedankt sich anständig und denkt, dass das viel ist. Er setzt seine Mütze auf und geht hinaus. Am Bordstein hält mit quietschenden Reifen ein Auto. Ein Typ mit einer Kappe auf dem Kopf und einem Rucksack auf dem Rücken springt heraus und rennt davon. Der Fahrer steigt ebenfalls aus und sprintet hinterher. Der Rucksack hüpft schwer auf dem Rücken des fliehenden Mannes, der Fahrer hat ihn nach kurzer Zeit eingeholt, reißt ihn zu Boden und fängt an, ihn mit einem Rucksackgurt zu würgen. Sie ringen wortlos miteinander, bis der Fahrer sich aufrichtet, noch einmal gegen den liegenden Mann tritt und zurück zu seinem Auto geht. Er lässt den Motor an und rast davon. Nami beugt sich über den am Boden Liegenden und hilft ihm, sich aufzusetzen. Er hat eine blutende Wunde an der Wange und weint.

Im Wohnheim masturbiert Nami hastig und wälzt sich dann lange herum, ehe es ihm gelingt, einzuschlafen.

Wenn er in die Asphaltoberfläche mit einem Stock schnell eine Raute mit Strich zeichnet, bleibt davon fast nichts übrig, beinahe spurlos verläuft sie; es findet sie nur der, der von ihr weiß. Das hat ihm sein Kumpel Nikititsch beigebracht. Sobald Nami mit dem frisch ausgebrachten Asphalt alleine ist, zeichnet er unauffällig seinen Schmerz hinein: Großmutters große Hände, die Rundung eines Frauenkörpers, die Hühner in ihrem stinkenden Stall, die drei Dreiecke. Wenn er rasch auf das Geschriebene pinkelt, bleiben seine Geheimnisse auf der Fahrbahn präsent, wenn auch nur in Form von unleserlichen und verlaufenen Runen. Einmal erwischt ihn der Meister und haut ihm eine runter, aber er verlangt nicht, dass er die Fahrbahn repariert. Der Buckelasphalt trägt damit auch weiterhin seine Geheimnisse, bis er durch Sommerhitze und Winterfrost aufplatzt und ihn die Lastwagen kaputtfahren.

Das ganze Schwefelareal ist bereits kreuz und quer asphaltiert, die Zufahrtsstraße ebenfalls. Nur eine einzige Straße fehlt noch. Sie führt vom Lager zum See und verschwindet im Wasser. Als Nami auf ihr den Asphalt mit dem Schieber glättet, tut er das bereits an einem heißen Sommertag. Er trägt die dicken Arbeitsschuhe und eine Hose aus Sackleinen, die mit Teertropfen bedeckt ist, sein T-Shirt hat er sich um den Kopf gebunden. Über seine nackte Brust fließt der Schweiß. Nikititsch sitzt im Schatten und gießt sich Wasser über den Kopf, aus einer Plastikflasche, die er anschließend hinter sich wirft. Nikititsch ist ein etwa fünfunddreißigjähriger gutmütiger Kerl mit beginnender Glatze, die er jetzt mit seinem Basecap verdeckt. Er behauptet gern von sich, dass er die Universität des Lebens absolviert hat, er liest

Zeitung und philosophiert gern. Aufgrund seiner bruch-
stückhaften Bildung zieht er dann oft falsche Schlüsse,
aber es gibt niemanden, der mit ihm streiten würde.

Nami blickt auf; der Himmel blendet ihn. Über der
Wüste im Westen sieht er eine dunkle Wolke, die größer
wird und sich nähert.

»Nikititsch, was ist das?« Er zeigt mit dem Stiel seines
Schiebers.

Nikititsch setzt sich auf und schiebt sich das Basecap
ins Genick.

»Na ja, was ist das, verdammt?«

Nami stützt sich auf den Schieber, er ist schlapp und
müde. Die Wolke nähert sich langsam und wird immer
größer. Nikititsch kratzt sich am Bauch.

»Mensch, sind das vielleicht Heuschrecken?«

Nami erkennt jetzt einzelne Punkte in der Wolke, die
auf sie herabsinkt.

»Ach du Scheiße! Das hab ich ja noch nie gesehen.
Hast du so was schon mal gesehen?«, haucht Nikititsch
wie ein Kleinkind. Nami schüttelt den Kopf, so was hat
er noch nie gesehen, obwohl ihm Großmutter erzählt
hat, wie einmal Heuschrecken in Boros eingefallen waren und absolut alles vertilgt haben, was bei ihnen im
Garten wuchs, die Vorräte in den Lagern, den Schulkin-
dern haben sie sogar die Pausenbrote weggefressen und
die Kabel von den Radios! Nami kann die Körper der
Insekten ausmachen, die Flügel und die Umrisse ihrer
schwarzen Beine, die Heuschrecken senken sich zu Tau-
senden herab, und ein Dutzend von ihnen sitzt schon auf
ihm; panisch schüttelt er sie ab. Die meisten landen auf

dem noch kochenden Asphalt, wo sie kleben bleiben und mit unerträglich lautem Zirpen viel zu lange verenden.

»Ihr Scheißviecher!«, schreit Nikititsch. »Verpisst euch! Jetzt ist wegen euch meine fertige Straße im Arsch!«

Durch die Hitze trocknen die Heuschreckenkörper aus und werden mumifiziert. Ihre Überreste werden noch bis zum Winter hier aus dem Asphalt ragen. Die Straße erinnert an einen fünfhundert Meter langen Teppich, der von einem wahnsinnigen Designer entworfen wurde; nie wird auf ihr ein einziges Auto entlangfahren. Nur Nami geht hier ab und zu spazieren und freut sich, wie die toten Insektenkörper unter der Sohle knacken und eine absonderliche Melodie komponieren.

Nami wird mitsamt der ganzen Asphaltierertruppe zum Verladen des Schwefels versetzt. Auf dem gigantischen gelben Feld schaufeln sie Schwefelbrocken und feinen hellgelben Sand in Schubkarren und fahren sie zu langsam größer werdenden Haufen in zwei Ecken des Areals.

»Guck mal, ich bin am Meer!«, ruft Nikititsch und legt sich in eine Schwefeldüne. »Genau wie im Erholungsurlaub am Schwarzen Meer. Pionierlager Artek! Überall Sand! Nami, komm dich auch mit sonnen. Du musst dir nur Zeitungspapier über die Nase machen, damit du sie dir nicht verbrennst.«

Nami lacht. »Dann kommt der Meister und fickt uns.«

»Unsere Schicht ist vorbei, red nicht.«

Nami legt sich neben Nikititsch und schließt die Augen. Ihm ist behaglich zumute. Die Sonne wärmt noch und das Plätschern des Sees ist bis hierher zu hören. Seine Hände gräbt er in den Schwefelsand und zieht einen großen gelben Kristall heraus. Er schaut durch ihn hindurch in die Sonne, aber dann wirft er ihn weg, damit Nikititsch nicht von ihm behauptet, eine Schwuchtel zu sein. Die anderen gehen, man sieht von ihnen nur noch die von der Sonne geröteten, mit gelbem Staub bedeckten Rücken. Wenn sie sie jetzt abhauen lassen, bleibt für sie in der Dusche kein Wasser mehr übrig. Nami ist müde und träge. Er setzt sich auf und schaut den davonstapfenden Kollegen hinterher. Die Sonne steht bereits niedrig, der Horizont hinter der Bucht hat sich rötlich gefärbt. Vor ihm zeichnen sich die Skelette der Fördertürme ab, große ausgestorbene Tiere, siebenstufige Monster, deren Skelette von wackeligen Leitern durchzogen sind. Sie stehen über dem Wasserspiegel auf Plattformen, die der Seegeist, hin und wieder wütend unter Wasser zieht, aber heute nicht, heute ist der See ruhig und der einbrechende Abend freundlich.

Nami spürt, wie ihn ein Klumpen am Bein trifft. Er sieht sich um; Nikititsch schaut vor sich hin, kichert aber.

»Spinnst du?«

»Ich? Ich doch nicht.«

Und kurz danach wieder, diesmal am Hals unterhalb des Ohrs. Nami macht die Augen halb zu; Nikititsch lacht inzwischen unverhohlen. Namis Herz fängt an zu klopfen und er ballt die Hände zu Fäusten. Als er sich auf Nikititsch stürzt, hat der das bereits erwartet und stellt ihm ein Bein. Kurz danach wälzen sie sich im Schwefelsand, sie haben die gelben Kristalle überall, auch im Gesicht. Nikititsch boxt Nami in die Seite, und der versucht ihn an der Taille zu packen. Nikititsch lacht wie geisteskrank, und das raubt ihm die letzten Kräfte. Er liegt auf dem Rücken in einem Haufen Schwefel und gackert wie irre. Nami hockt über ihm und presst ihm die gekreuzten Arme gegen den Brustkorb. Er nimmt den Geruch von Schweiß, Zigaretten und Sonnenblumenkernen wahr. Er bemerkt seine eigene Erektion. Ihm fällt auf, dass der hässliche Nikititsch nach dem Kolchosvorsitzenden der erste Mensch ist, der ihn angefasst hat.

»Mann, eh«, sagt er, steigt ab und geht zu den Duschen. Das Wasser ist schon aufgebraucht, die Kollegen trocknen sich mit schmutzigen Handtüchern ab. Die Fliesen auf dem Boden sind mit einer gelben Schicht bedeckt. Als Nikititsch bei den Duschen ankommt, lacht er immer noch. Er haut Nami auf die Schulter.

»Komm her, Mann.«

Er schnappt sich Nami und umarmt ihn. Nami erstarrt, zuckt aber nicht zurück. Verharrt eine Weile in der Umarmung, spürt die Falten von Nikititschs T-Shirt an seinem Bauch. Tränen schießen ihm in die Augen; er muss seine Faust gegen die Oberlippe pressen, um es zu stoppen.

»Scheiße, ein Fick wäre geil«, meldet sich aus der Dusche der glatzköpfige Kyrill zu Wort.

Dann sagt niemand mehr was.

Beim nächsten Mal geht Nami mit Nikititsch und noch einem Typen, den sie Kaktus nennen, ins Bordell Sinfonie.

»Die ist in Behandlung wegen Tripper«, sagt der Rezeptionist, als Nami nach dem Mädchen mit dem puderfarbenen Kleid fragt. Nami hat lange auf sie gespart, und nun ist er enttäuscht. Er schaut sich um, ob er für das Mädchen einen gleichwertigen Ersatz findet. Die anderen Prostituierten kommen ihm aber leblos vor, vergilbt und eingestaubt. Nikititsch hat auf dem Schoß eine Braunhaarige mit großen asiatischen Wangen und einer Fistelstimme. Er bemerkt Namis Blick, zuckt lächelnd mit den Schultern und klatscht der Brünetten auf den Oberschenkel.

»Da, bedien dich«, sagt der Rezeptionist und als Trostpreis schiebt er Nami ein Brettchen hin, auf dem er sich Speck aufgeschnitten hat. Nami kaut schweigend, die Arme hat er krampfhaft an den Körper gepresst, die Finger zu Fäusten geballt.

»Warum gehst du nicht mit Natascha?«, sagt der Rezeptionist nach einer Weile. »Die lernt dich an, dass dir die Kosmonauten um die Ohren fliegen.«

»Eine Russin?« Nami zögert. Er denkt an seinen Damenunterwäsche-Katalog.

»Eine Russin, na logisch«, lacht Nikititsch und weist mit dem Kopf in eine Ecke, wo unter einem Wasserfallbild in schimmernden Regenbogenfarben eine pummelige Blondine unbestimmten Alters sitzt und mit beiden Händen ein Bein am Knie umfasst, das sie über das andere geschlagen hat. Der Rezeptionist und Zuhälter nickt ihr zu, worauf sie sich widerwillig erhebt und Richtung Tresen schlurft. An ihren Ohren baumeln bunte Ohrringe in Form von Kunstreiterinnen auf einem weißen Pferd. Nami kann seinen Blick nicht von ihnen losreißen, sie zappeln vor seinen Augen wie Libellen über dem Wasser und funkeln auch so. Natascha kaut, bewegt die Kiefer und starrt Nami direkt in die Augen. Ihn durchfährt ein Schauder.

»Dann komm«, sagt Natascha. Nami folgt ihr wortlos über die Treppe ins Obergeschoss und wird dabei von Nikititschs prüfenden Blick verfolgt. Natascha trägt ein Kleid aus Kunstsatin undefinierbarer Farbe, am Schlitz geht die Naht auf, Fäden hängen heraus. An der Schulter lugt der Träger eines rosa BH hervor. Ihre Beine sind hübsch und fest und die Stufen geben unter ihnen ein jammerndes Knarzen von sich. So wird das also, sein erstes Mal, denkt Nami ergeben, mit einer russischen Hure, die ihm nicht mal gefällt. Dieser Gedanke macht ihn traurig.

Das Zimmerchen ist so klein, dass Nami glaubt, sie hat es mit der Besenkammer verwechselt. Die Tür lässt sich nur halb öffnen, denn gleich dahinter steht das Bett. Zwischen Bett und Wand ist gerade so viel Platz, dass Nami sich dorthin stellen kann.

»Behalt sie dran«, sagt Nami, als er sieht, dass Natascha sich die Ohrringe abmachen will. Er lehnt sich gegen die Wand und schließt die Augen. Lauscht dem Rascheln des Satinkleids. Als er die Augen wieder aufmacht, trägt Natascha nur noch rosa Unterwäsche. Ihre Daumen hat sie unter die BH-Träger verhakt, als wolle sie den Schultern für eine Weile Erleichterung von ihrer Last verschaffen. Ihre Augen sind geschwollen. Sie sieht aus wie eine Fischverkäuferin bei Schichtschluss. An ihr ist überhaupt nichts sexy. Nami versucht sich auf die Ohrringe zu konzentrieren, an Zaza zu denken, schließt die Augen und stellt sich die Mädchen aus dem Unterwäschekatalog vor. Er presst die Lider fest zusammen, als er spürt, wie Natascha ihm die Hose öffnet. Er bemüht sich um ein Ausweichmanöver mit dem Penis, aber Natascha ist unerbittlich und hält ihn fest in der Hand. Sie spuckt sich in eine Handfläche, formt sie zu einer Röhre und stülpt sie ihm auf den Penis. Die Wände sind grün angemalt, über dem Bett hängt ein Bild mit einem Gewitter über dem See und einem schlingernden kleinen Schiff.

Nataschas warme Hand bewegt sich langsam und geschmeidig. Nami öffnet die Augen und sieht, dass Natascha abwesend zur Tür schaut, auf eine Stelle, wo über dem Türrahmen das Mauerwerk abbröckelt. Er hat nicht übel Lust ihr zu sagen, dass sie das nicht tun muss, dass sie es lassen soll.

»Ich bin hier«, sagt er so scharf, dass Natascha zusammenzuckt. Er fasst sie beim Kinn und zieht sie zu sich heran. Er berührt sie, fährt ihr mit der Hand über den Bauch bis in die Unterhose, wo er über der Behaarung eine harte, waagerechte Narbe ertastet.

»Ist das von einem Kind? Hast du ein Kind?«, fragt Nami, und er bemerkt seine Erregung.

Natascha nickt, ohne ihn anzusehen.

»Zieh dich aus.«

Natascha folgt rasch seiner Anweisung, sie sieht erschrocken aus.

»Wie alt?«

»Wer?«

»Dein Kind. Wie alt es ist.«

»Warum?«

Nami berührt Nataschas schwere Brüste, presst sich mit dem Körper gegen sie, bis sie beide das Gleichgewicht verlieren und aufs Bett fallen.

»Au!«, zischt sie und fasst sich ins Genick. »Was machst du denn?«

Nami fährt mit seinen Fingern forschend durch die hellen Löckchen auf ihrem Schambein und denkt an die im Asphalt eingegossenen Heuschrecken. Natascha liegt mit dem Kopf auf dem Kissen und beobachtet ihn. Sie schiebt ihm ihr Becken entgegen, aber Nami presst sich mit dem ganzen Körper an sie und umarmt sie. Er saugt sich an ihren großen Brüsten fest; sie hat helle, milchige Haut, durch die blaugrüne Äderchen schimmern, und große rosige Brustwarzen. Nami drückt sie, er ist völlig neben der Spur, die Erektion ist hin, er umarmt eine abgenutzte russische Hure, als wäre er am Ertrinken, und weint.

»Aber, aber«, tröstet sie ihn und fährt ihm durchs Haar. »Mein Kleiner, was ist denn?« Sie dreht sich auf die Seite und er schmiegt sich zusammengerollt in ihre Arme.

Sein Körper bebt vor Schluchzern, irgendwo in ihm ist ein großer Vorrat von irgendetwas, das jetzt nach einem zufälligen Treffer mit dem Bohrer hinausströmt und nicht zu stoppen ist. Seine Wangen sind klatschnass, nass sind auch das schmuddelige hellblaue Bettlaken und Nataschas Brust. Sie tröstet ihn, leise summt sie ihm etwas vor, so lange, bis Nami müde wird und die Flut von Tränen in ihm versiegt.

Als er sich beruhigt hat, erzählt ihm Natascha von ihrem Kind, ein achtjähriger Junge namens Wowa. Er habe einen Sehfehler, aber dafür sei er schön pummelig und könne hübsch singen. Er wohne bei Nataschas Mutter, die ihn umsorge wie ihren Augapfel, viel besser, als sie das alleine schaffen würde. Sie lächelt, wenn sie von ihrem Jungen erzählt, Nami würde ihr am liebsten sagen, sie möge Ruhe geben, aber er ist viel zu müde. Ihm tut es leid um das Geld, das er rausgeschmissen hat, vielleicht hätte er sich lieber eine Pepsi kaufen sollen. In einem kurzen Krampf presst er sich gegen Natascha und erreicht weinend den Höhepunkt.

»Na, wie war der Fick?«, blinzelt ihm Nikititsch zu, als sie gehen und sich müde eine Zigarette anzünden.

»Drauf geschissen«, sagt Nami. »Die war faul wie Ochsenbeine im August.«

Nikititsch nickt bedeutungsschwer. »Hab ich mir schon gedacht.«

Nami geht noch einmal zurück zum Bordell Sinfonie. Eine Weile steht er vor dem Eingang herum, über dem wie wild die roten und blauen Lämpchen blinken, doch dann dreht er sich um und geht in den Hafen. In einer ungemütlichen und überheizten Kneipe voll mit unfreundlich aussehenden schmutzigen Typen trinkt er eine halbe Flasche Schnaps. Er spürt eine Bewegung in seinen Eingeweiden, als würde in ihm ein ausgehungertes Tier erwachen. Auf dem Heimweg stolpert er über einen schlafenden Uruborer, und das bringt das Tier in ihm zur Weißglut. Die Bestie faucht, sie will, dass Nami ihr etwas Neues zeigt, etwas anderes als versiffte Lokale,

dreckige Typen und rumgeschubst Werden, sie will, dass
er ihr Blut zu kosten gibt.

Nami tritt auf den schlafenden Mann ein, so lange, bis
ihm das Blut aus der zertrümmerten Nase strömt. Der
Mann stöhnt, steht unter Schock und ist verwirrt. Nami
übergibt sich, als versuche er, die Bestie aus seinen Ge-
därmen herauszukotzen.

Die Tage wälzen sich vorbei, einer nach dem anderen,
träge und zögerlich, wie die Blattläuse am Pflaumen-
baum vorm Wohnheimfenster. Nami lädt Schubkarren
mit Schwefel voll und fährt sie zum Förderband, das den
Schwefel aus der Höhe auf das Deck von Lastschiffen
fallen lässt. Seine Muskeln sind jetzt üppig und die Hände durch die Arbeit hart wie Schleifstein. Nach der
Schicht marschiert er zu Fuß in die Stadt, noch mit gelbem Pulver bedeckt geht er mit dem Stadtplan in der
Hand durch die Gassen und hakt die Lokale ab, in die er
hineingeschaut hat. Ein paar Mal sieht er seine Mutter,
zweimal begegnet er auch Zaza, aber nie sind sie es wirklich. Auch andere Leute trifft er auf seinen Streifzügen
wiederholt; er winkt ihnen zum Gruß zu, aber auf ein
Gespräch mit ihnen lässt er sich nicht ein, er würde bloß
Zeit verlieren; er weiß, dass er nicht lange bleiben wird.
Gegen die häufigen Schmerzen in der Magengegend
kauft sich Nami auf dem Markt Ziegenmilch, die er auf
der Stelle austrinkt. Die Schmerzen gehen nicht weg, die
Bestie in ihm gräbt sich einen Bau.

Die Kollegen im Wohnheim trinken abends Schnaps
und spielen Karten oder Backgammon, Nami schaut ih-

nen von seinem Doppelstockbett aus zu oder schläft einfach ein, er ist viel zu entkräftet, um mitzumachen. Ab und zu gibt es eine Schlägerei, einmal endet das mit einer Stichwunde, aber es werden weder Polizei noch Krankenwagen gerufen. Auf dem Boden bleibt eine große Blutlache zurück. Nami dreht den Kopf zur anderen Seite und schließt die Augen, der Anblick von Blut löst bei ihm Panik aus.

»Junge, mach das weg«, rüttelt Glatzen-Kyrill an Namis Bett, ein untersetzter Typ, der bei jeder Keilerei mitmischt und immer die Zigaretten von anderen raucht. Nami merkt, wie sein Puls einen Satz macht, aber er ist viel zu müde, um noch von seiner Pritsche herunterkrabbeln zu können.

»Leck mich«, antwortet er leise, aber deutlich. Kyrill geht hoch wie der Teufel aus der Kiste, wedelt wild mit der Faust in der Luft, aber Nikititsch steht wortlos von seinem Strohsack auf und stellt sich ihm in den Weg.

»Was mischst du dich ein, Nikititsch?«

»Lass ihn, Glatze«, sagt Nikititsch.

»Nerv doch deine Alte, Nikititsch!« Die Stimme von Glatzen-Kyrill überschlägt sich, und er versetzt Nikititsch einen Hieb gegen die Brust. Der packt ihn bei den Handgelenken und knallt ihm beide Handflächen mit einem Klatschen gegen die eigenen Wangen.

»Wenn du nicht sofort aufhörst, wisch ich das Blut mit deiner langen Unterhose weg«, sagt Nikititsch und lässt Kyrill desinteressiert los.

»Das kriegst du zurück«, presst der zwischen den Zähnen hervor, zieht jedoch den Schwanz ein.

»Danke«, sagt Nami zu Nikititsch. Er ist erschöpft, kann aber lange nicht einschlafen. Der Mann mit der Stichwunde stöhnt die ganze Nacht hindurch. Das Blut am Boden trocknet zu einer glänzenden karminroten Lackschicht ein, die rasch abblättert und unter den Sohlen von Namis Mitschläfern schon bald in alle Richtungen davongetragen wird.

Am nächsten Sonntag nimmt Nikititsch Nami mit in den Lunapark. Er kauft ihm Zuckerwatte und karamellisierte Erdnüsse. Sie steigen in die kleinen bunten Autoscooter, in denen beide sitzen wie der Affe auf dem Schleifstein. Mit ernsten Gesichtern krachen sie mit voller Wucht gegeneinander, dass sich ihnen das Rückgrat biegt. Als den Karren der Saft ausgeht, fragt Nami Nikititsch, ob sie noch mal fahren können. Nikititsch lacht, wie er nur auf die Idee kommen konnte, Nami mit ins Bordell zu nehmen, und als der Kassierer an ihre Wagen tritt, bleiben beide hinter den winzigen Lenkrädern sitzen und Nikititsch zahlt noch eine Runde.

Auf dem Kettenkarussell wird Nami schlecht, und an der Schießbude zeigt sich, dass er überhaupt nicht zielen kann – im Unterschied zu Nikititsch, der seinen Wehrdienst bei den Mot-Schützen absolviert hat. Er trifft die rotierende Zielscheibe mit einer ungelenk gemalten Seejungfrau und schießt ihr mit neun von zehn Patronen direkt ins Herz. Sein Preis ist ein Fußball, der ist zwar Schrott und der Lack schält sich schon in Streifen ab, aber das macht nichts. Als Nikititsch Nami den Ball gibt, ist der so gerührt, dass er seinen Freund am liebsten umarmen würde; Nami hat noch nie einen eigenen Fußball besessen.

Von der Schießbude gehen sie zum Riesenrad, dessen Gondeln gelbe Dächer haben und innen reich verziert sind mit handgeritzten Geschlechtsorganen, Sprüchen, Namen und Telefonnummern früherer Fahrgäste. Das Rad dreht sich langsam. Nikititsch und Nami sind sich in dem engen Raum sehr nah, und ihre Unterhaltung kommt ins Stocken.

»Ich unterschreib wenigstens für uns«, sagt Nikititsch schließlich und holt einen Kugelschreiber aus der Vordertasche seines karierten Flanellhemds.

GLEB NIKITITSCH UND NAMI WAISENKIND, UNIVERSITÄT DES LEBENS, schreibt er in Druckbuchstaben zwischen die anderen Autogramme und betrachtet sein Werk lange mit dem Ausdruck höchster Zufriedenheit.

»Universität des Lebens, gut, ne?«, fragt er.

»Schöne Schrift«, sagt Nami anerkennend und blickt in die Ferne. Sie sind schon weit oben, fast am höchsten Punkt des Riesenrads. Nami sieht die ganze Stadt, das Villenviertel der Alteingesessenen, die glitzernden Wolkenkratzer der Ölgesellschaften, die Fördertürme und die langen Perlschnüre aus Öltankern auf dem See, die bis zum Horizont reichen. Nami wird schwindelig. Er hält die Luft an, und während die Sauerstoffsättigung seines Bluts sinkt und sich der Pulsschlag in seinem Kopf ins Unerträgliche verstärkt, hat er im Schoß seinen Fußball fest umklammert und denkt an die Universität des Lebens; er hat sie fast komplett vor sich wie auf dem Präsentierteller.

»Du hast gesagt, dass wir auch Boros sehen«, stößt er schließlich hervor und schnappt nach Luft.

Nikititsch zuckt nur mit den Schultern und holt ein Päckchen Zigaretten aus der Hosentasche. Oben ist es windig, und er hat eine Weile mit dem Feuerzeug zu kämpfen.

Auf dem Heimweg machen sie Halt an einem Imbissstand. Nikititsch trinkt kurz nacheinander vier große Wodka, und als sie weitergehen, legt er Nami den Arm um die Schulter und erzählt ihm weinerlich, wie seine Freundin, »wegen der ich in die Hauptstadt gegangen bin, um mit den Händen hier« – er wedelt Nami mit der zweiten, freien Hand vor den Augen herum – »das Geld für unser gemeinsames Haus zu verdienen, wie die mit dem Leiter der Autowerkstatt rumhurt«.

»Vor den Weibern musst du dich echt in Acht nehmen, mein Freund. Weiber sind eine Falle, in die jeder anständige Kerl reintappt. Wirst schon noch sehen, wie recht ich hab.«

Nami schweigt und fummelt mit der Zungenspitze an einem Stück Nuss herum, das ihm zwischen den Zähnen stecken geblieben ist.

»Wirst sehen, dass das eine Falle ist!«, schluchzt Nikititsch und streichelt Nami die Wange. Ein paar Mal stolpert er, und Nami fängt ihn jedes Mal auf. Es ist bereits dunkel, und nur wenige Straßenlampen sind erleuchtet.

»Komm!«, befiehlt Nami. »Morgen früh müssen wir wieder zur Schicht.«

Nikititsch trottet ihm nach wie ein Schäfchen.

Der Schwefel rieselt aus der Schubkarre auf das Förderband, von wo aus er in eine Art Trichter fällt, eine auf dem Kopf stehende Pyramide, die Alte Jungfer genannt wird. Das untere Ende des Trichters ist abgeschnitten; er hat einen Boden, der sich quietschend öffnet und schließt und so die herumhüpfenden Schwefelkristalle nach und nach durchlässt oder zurückhält.

Nami und Nikititsch stehen mit Holzrechen am Förderband und passen auf, dass von den rissigen und löchrigen Gummibändern nicht allzu viel Schwefel am Trichter vorbei fällt. Vorm Gesicht haben sie primitive Atemmasken aus Leinen, die keinen Einfluss darauf haben, wie viel Schwefelstaub sie einatmen. Die Alte Jungfer verschlingt ratternd eine Schwefelladung nach der anderen und speit sie in den Laderaum eines Lastkahns, wo sie von zwei Kollegen eilig mit Rechen verteilt werden.

»Kannst du dir vorstellen, diese scheiß Arbeit für den Rest deines Lebens zu machen?«, fragt Nami.

»Was willst du denn?«, lacht Nikititsch in seine Maske. »Du bist an der frischen Luft. Ja. Äh… Noch ein Vorteil fällt mir aber nicht ein …«

»Blödmann«, lacht Nami.

»Tja«, sagt Nikititsch und lehnt sich auf seinen Rechen. »Gleich ist Mittag.«

Nami überlegt, dass auch wenn er etwas zu essen dabei hätte, er es wegen seiner Magenschmerzen nicht runterkriegen würde. Er legt den Kopf in den Nacken und sieht, dass der Himmel wie blankgewienert ist. Eine Schwalbe kommt im Tiefflug vorbei und auf dem See tutet ein Tanker.

»Nikititsch!«

Am Ufer steht unter dem Förderband Kyrill und wedelt mit etwas über seiner Glatze. Es sieht aus wie ein
Ordner oder ein Briefumschlag. Nikititsch dreht langsam seinen Kopf und nickt.

»Ich hab hier was für dich.«

»Was ist das?«

»Rat mal. Vielleicht ein Brief von zu Hause, vielleicht
schicken sie dir deinen Lohn. Oder vielleicht sind das die
Pornohefte, die du bestellt hast, oder?«

»Nerv nicht rum, Glatze, ich hols mir bei dir ab, wenn
ich zum Mittag gehe.«

»Fang!«

»Wehe, du wirfst das, du Arsch.«

Der Umschlag fliegt durch die Luft, zwischen Nami
und Nikititsch hindurch, vergeblich angelt Nikititsch
danach, er verliert das Gleichgewicht und kommt ins
Wanken. Seine Arme rudern in der Luft, die Beine tän-
zeln und Nikititsch rutscht dem Umschlag hinterher in
den Trichter. Nami macht die Augen zu und versucht,
dasselbe auch mit seinen Ohren zu machen. Der Boden
der Alten Jungfer rattert, man hört ein quietschendes
Geräusch, die ganze Konstruktion vibriert leicht, und
Nami hört Nikititsch ungläubig rufen: »Oh Gott, meine
Hand ist weg!«

Nikititsch windet sich am Grund der Alten Jungfer
und versucht, sich mit dem linken Arm und den Beinen
an den Wänden des Trichters abzustützen. Die rechte
Hand ist bis zum Handgelenk verschwunden. Nami
starrt Nikititsch an und ist außer Stande, sich zu rühren,

zu schreien, seine Gedärme sind mit Beton ausgegossen. Der blutverschmierte bewegliche Boden der Alten Jungfer öffnet und schließt sich bedrohlich, unablässig, Nikititsch kämpft, die Beine gegen die Wände des Trichters gepresst. Nami bewegt sich wie in Trance und beugt sich über den Abgrund der Alten Jungfer, um Nikititsch den Rechen zu geben. Der verdreht nur die Augen, als wollte er sagen, dass er so einen Idioten nicht verdient habe, aber in Wirklichkeit verliert er das Bewusstsein. Er hört auf zu zappeln und lässt seinen Körper zum Trichterboden rutschen, wo sich der unermüdliche, wenngleich abgenutzte Schoß der Alten Jungfer in einem fort öffnet und schließt.

»Schalt das aus, Glatze!«, schreit Nami, aber es kommt nur ein Keuchen aus seinem Mund.

Nami schwenkt den Rechen über seinem Kopf, endlich bemerkt ihn jemand und stellt die Maschine ab.

Die Sirene heult. Mittagspause.

Nami kehrt nie ins Schwefelwerk zurück.

Am Abend wartet er vor dem Wohnheim auf Glatzen-Kyrill und fängt an, ihn mit den Fäusten zu bearbeiten. Er kommt sich ungelenk vor, nur die eigene Wut treibt ihn, er hat kaum Erfahrungen mit Schlägereien. Kyrill ist zwar perplex und betrunken, aber auf den Angriff reagiert er automatisch, reflexhaft – er ballt die Faust und rammt sie Nami in den Bauch, sodass er einknickt. Er ächzt, richtet sich allerdings gleich wieder auf. Kyrill schlägt noch einmal zu, diesmal rechts gegen den Unterkiefer. Nami fällt hin und bleibt liegen. Kyrill tritt ihm in den Magen und setzt sich rittlings auf ihn. Nami versucht, die Schläge zu erwidern, prallt aber an Kyrills sehnigem Bauch ab. Beide prügeln sich wortlos, ihre Fäuste bewegen sich immer langsamer. »Eine echte Schlägerei ist fast sofort erledigt.« Nami erinnert sich, was Nikititsch immer gesagt hat. Diese Peinlichkeit hier dauert schon viel zu lang. Er bietet alle Kraft auf, die ihm noch geblieben ist, um Kyrill abzuwerfen, bloß hockt der auf ihm wie ein mit Steinen beladener Laster.

Nami keucht, Kyrill lässt sich schließlich zur Seite rollen. »Ich hoffe, du hast deine Lektion gelernt«, zischt er. Nami erhebt sich langsam, stützt sich auf seine Knie und schnappt vornüber gebeugt nach Luft. Wie in Zeitlupe steht er auf und nickt: »Logisch.« Mit dem rechten Fuß tritt er Kyrill ins Gesicht und hört etwas knirschen. Sein Gegner bricht zusammen und stöhnt. Der Kopf ist blutverschmiert, zumindest kommt es Nami im Dunkeln so vor.

Er packt seine Sachen und verlässt das Wohnheim. Die Bauchschmerzen lassen nach, aber für ein paar Tage hat er ein geschwollenes Gesicht und höchstwahrscheinlich auch eine Gehirnerschütterung.

Ein großes schwarzes Auto, ein Geländewagen, aber sauber, als wäre es gerade beim Autohändler vom Hof gefahren. Der Motor schnurrt leise und zufrieden, wie ein gut genährtes Tier. Es hält an der Bordsteinkante vor der Arbeitsbörse; am Lenkrad sitzt ein junger Mann in einem teuren Anzug, er hat längere lockige Haare, seine Schuhe glänzen wie der Wasserspiegel des Sees. Als er aussteigt, lässt er den Motor laufen; von innen kommen ein angenehmer kühler Hauch und der Duft eines Wunderbäumchens. Zwei Männer aus der ersten Reihe fangen wortlos an, die Motorhaube des Autos zu polieren, der Mann achtet nicht auf sie und spaziert zwischen den Tagelöhnern umher. Er betrachtet Nami; ein bisschen muss er den Kopf senken, um ihn über den Rand seiner Sonnenbrille sehen zu können. Dann gibt er ihm ein Handzeichen zum Einsteigen und setzt sich selbst zurück ans Steuer, presst die Finger gegen die Nasenflügel, lässt den Motor aufheulen und rast los, noch ehe Nami die Tür richtig zugezogen hat.

Der Typ nennt sich Johnny. Er hat in Texas studiert und arbeitet jetzt für eine ausländische Ölfördergesellschaft. Johnny versteht etwas von Bohrungen und vor allem davon, wie man das Öl verkauft, das aus ihnen hervorsprudelt. Er braucht jemanden, der sich um seine Wohnung und seine Angelegenheiten kümmert. Jemanden, der glaubwürdig ist und ihm dabei in nichts reinredet. Deshalb will er keine Frau und auch niemand Älteren. Nami müsse sich definitiv zuerst duschen, der Mief sei unerträglich, so gehe das nicht. Johnnys Stimme ist angenehm, hoch, fast wie bei einer Frau. Ab und zu verstummt er und massiert sich die Nase. Er fragt Nami nach nichts, auch nicht, ob er die Arbeit annimmt. Alles ist klar und längst beschlossene Sache. Auf dem Weg durch die Straßen entlang des Basars schweigt Nami; im Auto läuft die Klimaanlage, und so kriegt man nichts vom Gestank nach vergammelndem Gemüse und vom Duft der Schafskäse-Bureks mit. Nami schweigt weiter, als sie durch die besseren Viertel fahren, wo es mehr und mehr Marmor und Vergoldungen an den Eingangstüren gibt. Er schweigt, als sie an den Läden von Versace und Armani vorbeikommen, an Irish Pubs und mexikanischen Restaurants für Ausländer. Das Hyatt-Hotel und die Gebäude der globalen Konzerne aus Glas und Beton ragen bedrohlich in den Himmel wie massive Erektionen, unpassend wie ein Mann mit Smoking vor einer billigen Imbissbude.

Das Viertel, wo Johnny wohnt, ist still und ruhig, nicht einmal streunende Hunde sind auf den Straßen zu sehen, geschweige denn Menschen. Johnny fährt in eine Tiefgarage, in der still aufgereiht schwarze, rote und zitronengelbe Jeeps und Limousinen stehen. Als Nami aussteigt, hört er das Dröhnen der Klimaanlage, am entfernten Ende des Parkhauses fegt ein buckliger Mann den Betonboden. Johnny telefoniert mit jemandem. Er ist groß, hat lange Gliedmaßen, erinnert an eine Spinne oder eine Stechmücke. Nami scharrt mit den Füßen. Johnny nickt ihm zu, er möge die Tüten nehmen, und Nami holt brav ein paar Plastikbeutel aus dem Auto, die gefüllt sind mit einer Melone, Erdbeeren und Eiern, Dingen, die er selbst schon seit Monaten nicht mehr gegessen hat. In einem Pappkarton sind ein paar Flaschen mit Alkohol: Wodka, Gin und Roséwein. Johnny telefoniert immer noch, Nami geht ihm nach und gibt sich Mühe, nichts fallen zu lassen.

Der Aufzug fährt leise, er ist ganz silbern und hat einen Spiegel. Nami erschrickt, als er sich zum ersten Mal nach mehreren Monaten selbst sieht. Zwischen den Augenbrauen hat er zwei tiefe Furchen und im Gesicht eine schmutzige Schliere. Wenn das da er sein soll, wo ist dann der Junge aus Boros? Er zieht ein finsteres Gesicht, dann schließt er die Augen. Im fünfzehnten Stockwerk macht der Aufzug sanft »Bing«, und Johnny nickt Nami wortlos zu. Die Wohnung ist geräumig, die Wände sind vom Boden bis zur Decke verglast. Überall liegen dicke Teppiche in Naturfarben, und an der Wand hängen Jagdtrophäen.

Johnny verschwindet für einen Moment im Schlafzimmer, in dem ein riesiges Bett steht und das rundherum verspiegelt ist. Auf dem Fußboden liegt ein Tigerfell. Als er zurück ist, zeigt er Nami die Wohnung: die Terrasse mit exotischen Pflanzen, um die er sich kümmern soll, den Kühlschrank, die Waschmaschine, die Mikrowelle, den Wäschetrockner. Unter der Couch mit Zebrafellmuster faucht ihn ein graublauer Kater an. Nami nickt, jawohl, sicher, das kennt er natürlich alles, er ist schließlich kein Provinzheini.

»Den Kater füttern, jeden Morgen, hier ist das Trockenfutter, einmal in der Woche musst du ihm Geflügelleber kaufen, du liebes Bisschen, hast du noch nie eine Dusche gesehen? Scheinbar nicht, hm?«

Johnny krempelt sich einen Ärmel hoch und zeigt Nami, wie die Dusche funktioniert. Er wird nass, lacht aber darüber. Nami hat schon mal eine Dusche gesehen, aber normalerweise ist da ein verrosteter Duschkopf, dessen verkalkten Düsen spärlich Wasser tropft, falls es gerade überhaupt welches gibt. So eine verchromte Herrlichkeit mit künstlichem Regen und Massagedüsen, die

Wände mit grünen Malachitplatten verkleidet, als hätte man sie direkt den schlafenden Kriegern der Goldenen Horde im Jadeberg Koloss abgenommen, so etwas hat Nami jedenfalls noch nie in seinem Leben zu Gesicht bekommen. Alles hier ist auf dumme, sinnlose Weise teuer und luxuriös.

»Das ist eine Wanne, ein Whirlpool, da steigst du mir lieber nicht rein. Komm, ich zeig dir, wo du schläfst.«

Nami zuckt zusammen; dass auch für ein Dach über dem Kopf gesorgt wäre, ist ihm gar nicht in den Sinn gekommen. Deshalb wehrt er sich nicht im Geringsten, als Johnny die Tür zu einem Kämmerchen aufmacht, wo auf dem Boden eine Matratze liegt und an die Wand gelehnt einige Porträts in alten Rahmen stehen. Die Matratze ist wie neu, benutzt zwar, aber auf einer anderen hat Nami sowieso noch nie gelegen. Vorsichtig setzt er sich hin, zieht die Knie zum Kinn. Er merkt, wie seine wochenlang nicht gewaschenen Sachen stinken. Die Matratze ist weich und elastisch, so edel im Vergleich mit dem zerfetzten Strohsack voller Flöhe im Wohnheim. Sie erinnert ihn an ein Märchen, das Großmutter ihm erzählt hatte, vom armen Bauernburschen, der aus Versehen ins Zarenschloss gerät.

»Pack die Einkäufe aus und wasch dich, du stinkst wie eine russische Reisegruppe«, sagt Johnny. »Dann machst du mir was Leichtes zum Abendessen. Beim nächsten Mal kaufst du selbst ein.«

Nami nickt. Im Bad betrachtet er sich im Spiegel; wieder hat er das Gefühl, einen Fremden zu sehen, wie wenn ein Filmregisseur auf einmal eine Rolle neu besetzt, die sich über die Zeit weiterentwickelt. Sein Körper ist schon eher der eines Mannes, mit echten Trapez- und Trizepsmuskeln. Augenbrauen und Kinn sind markanter geworden. Ihm wachsen jetzt auch feine Barthaare. An Beinen und Brust ringeln sich dunkle Härchen – wie kommts, dass er sie bis jetzt noch nicht bemerkt hat? Er seift sie mit viel Schaum ein und fährt mit den Fingern hindurch, lässt Ströme des kostbaren warmen Wassers auf seinen Körper herabfallen, er will nicht einfach so gehen, er wartet, bis das Wasser alle ist, es kann doch nicht sein, dass es immer so weiter fließt? Aber es scheint kein Ende zu nehmen. Schließlich steigt Nami aus der Dusche, tritt mit seinen nassen Füßen auf die smaragdgrünen Fliesen und hinterlässt Abdrücke aus Seifenschaum. Nami wischt den beschlagenen Spiegel ab und sieht sich als unscharfe Kontur, auf jeden Fall schon eher ein Mann als ein Junge; seine Haare tropfen, er gefällt Nami, aber identifizieren kann er sich mit ihm nicht. An dem Bild im Spiegel ist etwas Beunruhigendes, etwas, das Nami nicht kennt, etwas, das ihn ins Land hinter dem Spiegel zieht. Er öffnet die Tür zum Flur und der Dampf quillt hinaus. Er steht völlig nackt in der Tür des Luxusbadezimmers, das Licht im Rücken. Er hat eine Erektion, und so hängt er das Handtuch darüber und versucht es in kreisende Bewegungen zu versetzen.

Johnny steht in der Schlafzimmertür, raucht etwas, das nach Vanille duftet, und beobachtet ihn amüsiert.

Nami zieht sich schnell das abgetragene T-Shirt und die Adidas-Trainingshose an, die Johnny ihm geschenkt hat. In der Küche macht er den Kühlschrank auf und sucht nach etwas, das er zubereiten könnte. Gläser mit Kaviar, Aprikosenmarmelade, ein Bündel Möhren, zwei Knoblauchzehen, eine Melone, Erdbeeren, noch ungeöffneter italienischer Käse, stinkende Geflügelleber und Sekt kommen zum Vorschein, eine Menge Sekt, dazu Butter und Eier. Was macht man damit, wenn man in seinem ganzen Leben noch nie gekocht hat? Eine Weile kämpft er geräuschlos mit einem Ceranfeld, dann schmeißt er einen Batzen Butter in eine Pfanne, und als sich goldgelber Schaum gebildet hat, gibt er drei Eier dazu. Die garniert er dann mit einem Stück Gorgonzola und einem Teelöffel Kaviar.

»Abendessen«, sagt er zu Johnny und zuckt die Achseln. Johnny liegt auf dem Bett und massiert sich die Schläfen. Das Bett ist so groß, dass ein Helikopter darauf landen könnte. Am Fußende liegt der Kater und mustert Nami feindselig. Neben dem Bett steht ein Nachtschrank mit einer halb geöffneten Schublade. Nami sieht darin ein paar kleine Plastiktütchen und eine Pistole. Johnny bemerkt Namis Blick und nickt. Dann steht er auf und geht in die Küche. Er nimmt seinen Teller, betrachtet ihn misstrauisch, schnuppert daran und schickt seinen Inhalt durch den Häcksler in der Spüle. Als Nami hört, wie sein Abendessen geschreddert wird, muss er schlucken.

»Ich hab keinen Hunger mehr«, sagt Johnny, macht den Gefrierschrank auf und holt eine Flasche Wodka heraus, mit der er wieder im Schlafzimmer verschwindet. Nami spült wortlos den Teller, trocknet ihn ab und räumt ihn wieder in den Schrank. Dann setzt er sich auf den Stuhl am Tisch und schaut aus dem Fenster. Vom fünfzehnten Stock aus sieht er die Stände des Basars, das Villenviertel der Alteingesessenen, den Hafen und die Wellen, die sich auf dem See kräuseln, Öltanker und Fördertürme in der Ferne. Vorm Fenster pfeift monoton der Wind. Johnny telefoniert, Nami hört, wie er seine Stimme hebt. Müde schaltet er den Fernseher an der Wand ein, legt den Kopf auf den Tisch und schläft ein.

Ein paar Stunden später wird er von Stimmen geweckt. Draußen ist es schon dunkel, und die Wohnung ist voller Leute. Zwei bullige Typen in Lederjacken, ein duftender junger Mann, der aussieht, als wäre er einer Reklametafel für etwas außerordentlich Sauberes entstiegen, drei junge Frauen mit langen glänzenden Beinen und einem Haufen glitzernder Accessoires, die flüsternd über etwas diskutieren.

»Du hast dir einen Butler zugelegt, Johnny?«, lacht eine von ihnen, braune Haare, die Augen etwas zu weit auseinander, silberne Kreolen an den Ohren. Sie quetscht sich unnötig dicht an Nami vorbei zum Kühlschrank, um eine Flasche Schampus herauszuholen. Johnny lehnt an der Küchenzeile und schaut zu, wie sie sich mit den Hüften an Nami reibt. Der unterdrückt den Drang, ihre Brust zu berühren, die über seiner Schulter wogt.

»Schalt 'n Gang zurück, meine Hübsche«, sagt Johnny unaufgeregt. Die junge Frau wird ernst und betrachtet Nami konzentriert.

»So ein blutjunges Hirschkalb«, sagt sie leicht betrübt und streicht Nami über die Wange.

»Beruhige dich, Diana, und hör auf zu trinken«, lacht

Johnny und schubst sie vor sich her ins Schlafzimmer. Nami steht auf und legt sich in seiner Kammer ins Bett. In seinem Kopf hämmert es und die Augen gehen von alleine zu. Als er einschläft, hört er wildes Rammeln, die unbarmherzige Konfrontation von Fleisch mit Fleisch, ein Klatschen wie bei einem Segel im Wind. Diana stöhnt eine Weile, verfällt dann in ein durchgehendes Jaulen. Die männliche Stimme lässt einen energischen primitiven Stöhner los, den Schrei eines Halbaffen, und verstummt anschließend. Nami schläft unruhig, aber bis zum Morgen. Als er aufwacht, lüftet er, leert die Aschenbecher, sammelt die Gläser ein, spült das Geschirr und schmeißt den Kater raus auf die Terrasse.

Eine der jungen Frauen schläft auf der Couch im Wohnzimmer, und ihr goldenes Kleid ist bis zur Taille hochgerutscht. Unterwäsche trägt sie keine. Nami hält für einen Moment bei ihr inne und betrachtet den rasierten Venushügel zwischen den gespreizten Beinen; das erinnert ihn an die Katze Sana, die sich in der Nachmittagssonne schamlos vor dem Haus in Boros geräkelt hat. Er starrt sie an und kratzt sich am linken Unterarm, er hat das Gefühl, dass heute ein heißer Tag wird. Die Frau bewegt sich, und Nami verschwindet schnell auf Zehenspitzen in die Küche. Mit einem leisen Röcheln dreht sie sich zur Seite. Für den Rest des Tages bekommt Nami den Gedanken an das grauenhafte Naturell einer entblößten Möse nicht mehr aus dem Kopf.

Die folgenden Tage verfließen im gleichen Rhythmus. Nami steht am Morgen auf und bereitet Johnny das

Frühstück zu. Der lässt es normalerweise auf dem Teller kalt werden und trinkt nur einen Kaffee und raucht den ersten Joint bevor er zur Arbeit geht. Nami isst Johnnys ausgekühltes Frühstück, räumt ab, macht die Wäsche, versorgt den Kater und die Pflanzen auf der Terrasse. Dann geht er einkaufen, und den Rest des Tages faulenzt er. Hin und wieder sieht er fern, aber das macht ihm keinen besonderen Spaß. Manchmal geht er spazieren, immer in den Park, um sich mit Maimun zu unterhalten. Der Affe nimmt zwar einen Apfel oder eine Waffel von ihm an, lässt sich allerdings niemals anmerken, dass ihm Namis Anwesenheit irgendwie angenehm wäre oder dass er sich an ihn erinnern würde. Er verkriecht sich einfach in eine Ecke, wo er seinen Leckerbissen still verzehrt, ohne Dankbarkeit oder Zuneigung zu zeigen.

Johnny hat großzügig angeboten, bei Bedarf sein Telefon zu benutzen, aber Nami kennt niemanden, den er anrufen könnte. Also wählt er die Nummern vom Teleshopping oder von erotischen Hotlines, die er im Fernsehen sieht, unterhält sich mit den Damen am anderen Ende und kommt sich nicht mehr so alleine vor, zumindest eine Zeit lang.

Gelegentlich erhält Nami außerordentliche Aufträge, er geht dann in die Gassen im Hafen, wo er von einem Typen mit gestreiftem T-Shirt, der ihn an eine Mumie erinnert, kleine Päckchen überreicht bekommt. Der Typ schweigt und guckt an Nami vorbei. Grundsätzlich sagt er kein Wort, Nami glaubt, dass er stumm ist. Er steckt das braune Päckchen in die Tasche und setzt sich an den Hafenpier. Vor ihm legen die großen Tanker ab, so stark beladen, dass ihre Freibordmarken weit unter dem Wasserspiegel liegen, und er spuckt ins Wasser. Manchmal geht er durch den Hafen weiter zum Stadtstrand, um dort zu baden. Das Wasser, das in seiner Kindheit irgendwo zwischen türkisblau und smaragdgrün wechselte, erinnert farblich jetzt an gelblich schillernden Faulschlamm. Der Salzgehalt ist mittlerweile so hoch, dass keine Fische mehr darin leben. Man kann sich drauflegen wie auf eine Luftmatratze; der Körper taucht kaum ins Wasser ein. Der Kopf liegt auf einem salzigen Kissen. Zu Hause muss Nami lange duschen, um das unangenehme Jucken loszuwerden. Einmal bilden sich am ganzen Körper rote Flecken, worauf er endgültig aufhört, im See zu baden.

Immer noch tigert er durch die Straßen der Hauptstadt, schaut in die Bistros, Spielhallen und verrauchten Spelunken hinein. Er ist überzeugt, dass wenn er seine Mutter treffen soll, es auch geschieht, es reicht aus, wenn er im richtigen Moment am richtigen Ort ist. Wie das passieren soll oder wie seine Mutter aussieht, weiß er nicht, andererseits weiß er, dass er dem entgegengehen muss. Wenn er früh am Morgen durch die Straßen streift, sieht er noch die schlafenden Obdachlosen, eingewickelt in Pappkartons und schmutzige, zerrissene Kleidungsstücke, und er spürt, wie über ihnen bereits der Seegeist schwebt.

Meist sind es Uruborer, die vor vielen Jahren aus ihren Häusern vertrieben wurden, als man den See künstlich vergrößerte und es nötig war, ein paar Dörfer zu fluten. Das an sich friedfertige Volk begann, sich aufzulehnen und russische Lastwagen und Bautechnik anzuzünden,

weil ihm der Weg zu den Gräbern ihrer Ahnen abgeschnitten würde. Angeblich soll der große Staatslenker
damals persönlich über die Liquidierung entschieden
haben; diejenigen, die das überlebt haben und nun auf
den Straßen der Hauptstadt vor sich hinvegetieren, berichten, wie anonyme Rollkommandos ganze Familien
und Clans auf Lastwagen verladen und sie dann im Wald
in Gruben erschossen haben, die die Opfer vorher selbst
ausheben mussten. Nami kommt das an den Haaren her-
beigezogen vor, ähnlich wie die Legende von den schlafenden Kriegern der Goldenen Horde im Koloss-Felsen.
Er hält die Uruborer für armselige Märchenerzähler,
aber oft lässt er sich auf ein Gespräch mit ihnen ein, und
manchmal schenkt er ihnen Johnnys Brot oder ein Stück
Schinken oder Gemüse, wenn er vom Einkaufen kommt.
Sie wohnen in Zelten und Verschlägen aus Pappkarton.
Bis auf Randale und Schlägereien im Suff sind sie harmlos wie kaputte Waschzuber.

Abends bekommt Johnny zu Hause oft Besuch, eine
ganze Horde lärmender Leute, ab und zu auch nur Diana, die mit dem dunklen Pony, der Lücke in der oberen
Zahnreihe und den großen Kreolen an den Ohren. Meist
endet das mit einer lautstarken Kopulation in Johnnys
Schlafzimmer. An anderen Tagen kommt Johnny abends
gar nicht, ein Taxi bringt ihn irgendwann um drei, vier
Uhr morgens. In diesen Nächten holt er Nami aus dem
Bett und will reden, manchmal ist er aber schon wegge-
treten, bevor Nami sich bis ins Schlafzimmer geschleppt
hat; dann muss er ihn ausziehen, ins Bett legen und ihm

Milch warmmachen, damit er sich nicht vollkotzt.

Geld gibt Johnny ihm nicht, aber er darf behalten, was vom Einkaufen und den Botengängen übrig bleibt, zudem hat er ein Dach über dem Kopf und etwas zu essen, und Johnny schenkt ihm seine abgetragenen Sachen. Außerdem hat Johnny echte Pornohefte, mit denen Namis Seiten aus dem Unterwäschekatalog nicht mithalten können. Er überlässt sie ihm, oft sind die Zeitschriften noch unberührt und in Folie eingeschweißt; übrigens hört man Johnny auch aus dem Schlafzimmer immer seltener.

Nami ist überwältigt, als er zum ersten Mal in Johnnys Büro im obersten Stock eines Hochhauses kommt, das komplett einer einzigen internationalen Ölfirma gehört. Von einem Ende bis zum anderen liegen auf dem Boden helle Teppiche, an den Wänden hängen Bilder, duftende und gut gekleidete Menschen sprechen höflich und leise miteinander. Am Empfangstresen sitzt eine üppige Blondine wie aus einem von Johnnys Pornoheften, und auf jedem Tisch surrt leise ein Computer. In der kleinen Küche vibriert lüstern eine chromglänzende Espressomaschine, die sich aber weigert, Nami einen Kaffee herauszurücken. Die Telefone läuten nicht, sondern summen dezent. Nami kommt sich vor wie in einem Traum.

Der Sommer ist außergewöhnlich heiß, und der See verdunstet noch schneller als sonst. Als würde er sich allmählich in einen Sumpf verwandeln.

Nami kann den Gedanken an die Pistole oder den Revolver in Johnnys Nachtschrank nie ganz aus seinem

Gedächtnis vertreiben. Als er aber Johnny mit einer Schrotflinte in der Tür stehen sieht, erschrickt er so sehr, dass er zu stottern anfängt. Johnny lacht hämisch. Nami mustert ihn verstohlen, er kommt ihm nüchtern und sauber vor, was ihn ein wenig erleichtert.

»Mach Kaffee und dann sag ich dir, was heute ansteht«, sagt Johnny. Die unterdrückte Erregung in seiner Stimme entsetzt Nami, genauso wie die Tatsache, dass Johnny Militärklamotten trägt. Zum letzten Mal hat Nami die Kombination aus Uniform und Knarre in Boros erlebt, und immer noch holt ihn diese Erinnerung gelegentlich mit einem schmerzhaften Ruck aus dem Schlaf.

»Und dann sag ich dir, was heute ansteht«, wiederholt Johnny.

Die Sache sei so, sagt Johnny, dass es einen Auftrag gebe, von der Stadt selbst. Die geehrten Herren Beamten vom Magistrat hätten für diese Aufgabe die vertrauenswürdigsten Bürger ausgewählt. Natürlich nur unter denen, die Waffen besäßen und versierte Jäger seien. Gewiss sei es möglich gewesen, dafür Polizei oder Armee zu engagieren, aber das widerspreche den Traditionen und der ständischen Selbstachtung. Es liege in der Verantwortung eines jeden Ehrenmannes, eine Katastrophe zu verhindern, da seien sie sich doch einig, oder? Was Johnny sagt, verwirrt Nami immer mehr. In Sichtweite des Hafens nämlich, etwa sechs Meilen entfernt, liege eine Insel, auf der sich ein biologisches Laboratorium befinde. Nami müsse davon gehört haben, genau, es sei zum Testen von biologischen Waffen an Tieren genutzt worden, genau, Milzbrand, Pest und Brullose. Brullose? Bruellose,

Brucellose oder so. Die Russen hätten diese Basis längst aufgegeben und die Tiere ihrem Schicksal überlassen. Berichten zufolge, die gelegentlich von vorbeifahrenden Fischerbooten kämen, gehe es einer ordentlichen Anzahl dieser Tiere gut und sie würden die Insel beherrschen. Hunde, Schafe, Ratten, alle auf einem Haufen. Und weil der Wasserspiegel des Sees sinke, bestehe die Gefahr, dass dieses Viehzeug ans Festland waten und die Bevölkerung der Hauptstadt durch Krankheiten dezimieren könnte, gegen die niemand gewappnet sei.

Daher sei jeder Mann mit auch nur einem Fünkchen Ehre im Leib und der Fähigkeit, mit einer Schusswaffe zu hantieren, gefordert, seine Pflicht zu tun. Um eine gute Tat zu vollbringen. Johnny werde selbstverständlich in der ersten Reihe mit dabei sein, und Nami werde ihm die Waffen tragen und nachladen, okay? Und warum Nami so schwitze, verdammt, ob ihm heiß sei? Nami schüttelt den Kopf, nein, ihm sei nicht heiß, nein, er werde keine scheiß Waffen nachladen, Er werde zu Hause bleiben, mit den Pornoheftchen in Johnnys Bett. Doch das interessiert seinen Arbeitgeber einen Dreck. Die Vorstellung, zu morden, gibt ihm einen größeren Kick als jede Nase Koks. Und Nami solle für die Reise Fleischbällchen machen, die Jungs würden bestimmt Hunger kriegen. Sie werden zeitig am Morgen aufbrechen, noch vor Tagesanbruch.

Nami brät bis tief in die Nacht Hammelfleischbällchen. Als er fertig ist, erscheint im Osten bereits ein kümmerlicher Streifen rosigen Lichts, es hat also keinen Sinn, sich noch hinzulegen. Nami nimmt einen Bastkorb und packt drei Flaschen Wodka hinein, dreißig Fleischbällchen, alle einzeln in Alufolie gewickelt, einen Laib Brot, ein paar Zwiebeln und eine Stange Zigaretten. Er wartet am Küchentisch, beobachtet den Himmel im Osten und kaut geistesabwesend auf dem Brot von gestern herum. Als er das aufgegessen hat, nimmt er mit seinen Fingernägeln und dem Daumen vorlieb. Um Viertel nach vier erhebt er sich, um Johnny zu wecken. Der sitzt schon auf dem Bett und legt sein Patronenhülsen-Armband um. Er trägt eine Jägerweste mit Unmengen von Taschen und nickt Nami etwas abwesend zum Gruß zu, aber nach dem ersten Kaffee schwafelt er schon wieder leidenschaftlich und versucht Nami zu überzeugen, welche nationale Pflicht sie sich anschicken zu erfüllen und wie dankbar ihnen die Nation sein werde.

Sie fahren in den Hafen, dort parkt Johnny und begibt sich mit ungebrochenem Überschwang zum Bootspier, wo schon ein Pulk anderer treuer Patrioten mit ähnlich idiotischen Westen und Gesichtsausdrücken wartet. In den Händen halten sie Jagdgewehre und Büchsen, ein Schwachkopf hat sich einen Patronengurt übergestreift. Einige sehen so aus, als wären sie gar nicht erst im Bett gewesen, ihre Augen sind blutunterlaufen, und sie haben die dumpfen Mienen von Besoffenen. Es kreisen mehrere Wodkaflaschen auf einmal.

Es sind mindestens zwölf Boote, Nami gelingt es nicht, sie genau zu zählen. Die Wellen haben weiße Spitzen vom Wind.

»Das gibt 'ne Kotzerei«, verkündet unter seinem Bart hervor der Seemann auf dem Boot, das Nami und Johnny übersetzen wird. Er heißt Waska, trägt ein ausgewaschenes gestreiftes Shirt und die Erfahrung von zig Jahren auf dem Meer.

Johnny hört das und schaut ihn grimmig an: »Weißt du überhaupt, was das hier für eine Mission ist?«

»Na klar doch«, antwortet Waska und lacht. »Eine wichtige Mission. Was heißt hier wichtig, höchst wichtig!« Hier auf dem Wasser ist er der Herr und das neureiche Gesindel aus der Stadt darf im besten Falle still auf der Passagierbank sitzen und versuchen, sich nicht zu übergeben, sagt er mit seinem Blick, und Nami lächelt, der Seemann hat die gleichen Augen wie sein Großvater. Dem konnte auch niemand so einfach ans Bein pinkeln. Johnny behält bis zum Schluss der etwa vierzigminütigen Überfahrt sein finsteres Gesicht, bis zu dem Moment, als die Insel in Sichtweite kommt. Da wird er wieder munter und seine Augen leuchten vor Erregung.

Unterwegs gibt es einmal Mann über Bord, sowie mehrere Fälle von heftigem Unwohlsein, verursacht durch den starken Seegang und den zuvor genossenen Alkohol. Die ganze Expedition wird davon ein wenig aufgehalten, aber kurz nach Tagesanbruch erreichen sie die Insel, die biologischen Versuchen gedient hat, aber keinen Namen trägt.

Vergeblich bemüht sich Nami, nicht einzuschlafen. Ruckhaft wacht er jedes Mal auf, wenn ihm der Kopf plötzlich auf die Brust sackt. Erst Johnnys Ausruf reißt ihn endgültig aus seiner Schläfrigkeit. »Guckt euch diese scheiß Viecher an, die erwarten uns schon!«

Am Ufer neben dem Anleger steht tatsächlich eine

Herde vorerst schwer zu bestimmender Tiere.

»Schafe?«

»Von wegen! Das sind Hunde, setz deine Brille auf.«

»Ich seh jedenfalls Affen.«

»Ihr Idioten seid ja hackedicht.«

Nami schaut zum Ufer, und inzwischen sehen es alle, dass die vielköpfige Horde wirklich aus Affen, Schafen, Hühnern und Hunden besteht. Alle Tiere stehen beisammen in Erwartung der Rückkehr ihrer geliebten Menschen, die auf einmal verschwunden waren und die sie so vermisst haben. In der ersten Reihe stehen Hunde, etwa ein Dutzend, verschiedene Rassen, und verfolgen mit Spannung und Schwanzwedeln die Ankunft der Boote. Hinter ihnen sitzen in ehrfürchtigem Abstand zwei kleinere Affen, die sich bei den Schwänzen halten, dazu gibt es Schafe mit dem typischen blöden Gesichtsausdruck und irgendwelche kleineren Viecher, die man vom Wasser aus nicht erkennen kann. Keins der Tiere zeigt irgendwelche Krankheitssymptome.

»Das kann ja wohl nicht wahr sein«, haucht der Seemann Waska. »Die leben hier fröhlich zusammen wie im Paradies. Der Wolf neben dem Lamm. Ja leck mich am Arsch.«

Ein orange-weißer Hund mit langen Ohren kläfft nervös. Begeistert stürmt er nach vorn in Richtung der Boote und wieder zurück. Schließlich überschreitet er die Schlammgrenze: seine Pfoten versinken im Matsch und nur mit Mühe kann er sie wieder herausziehen. Namis Herz schlägt wie wild. »Hau ab, du Hornochse«, flüstert er.

»Nicht schießen!«, befiehlt ein General im Ruhestand, aber es ist zu spät. Ehe er ausgeredet hat, ertönt der erste Schuss. Überraschend präzise gezielt. Der Hund jault auf und kippt in den Dreck. Nami sieht, wie das weiße Fell sich mit einem Gemisch aus Schlamm und Blut vollsaugt. Der Kopf versinkt nach und nach im dünnflüssigen Morast, während die Ohren obenauf liegen bleiben. Aus der Schnauze kommen ein paar rosige Luftbläschen. Johnny, Absolvent der Universität von Houston und Mitarbeiter eines internationalen Konzerns, bebt neben Nami vor Erregung und beißt sich auf die Lippen. Namis Blick streift zufällig Johnnys Schritt. Als er die Erektion sieht, wird ihm übel.

Nami sitzt auf der Passagierbank und starrt die Holzkiste mit der Munition an, die er auf dem Schoß hat. Irgendwelche Buchstaben sind dort eingestanzt, aber Nami kann sie mit seinem verschleierten Blick nicht lesen. Am Ufer herrscht Panik. Die Hunde haben die Schwänze eingezogen und sehen zu, dass sie wegkommen. Die Schafe blöken im Chor und rasen wie ein Mann Richtung Felsenklippe. Die Affen umarmen sich entsetzt, während die Männer aus den Booten springen und ans Ufer waten. Fluchend versinken sie im Schlamm, wobei sie wild durcheinander feuern, aus Angst die Tiere könnten es schaffen, abzuhauen, bevor ihre Flinten zu Wort kämen. Der General im Ruhestand bemüht sich, Befehle zu geben, aber seine Stimme geht im allgemeinen Tumult unter.

»Haltet euch von den Viechern fern, die sind bestimmt infiziert!«

Da keiner den General hören kann, kann ihm auch niemand gehorchen. Die Schafe stürmen inzwischen zum höchsten Punkt der Klippe, als würde ein Bulldozer sie zusammenschieben. »Mähmähmäh«, schreien sie, und es fällt schwer, darin kein menschliches Klagen zu hören.

»Es reicht!«, ruft Nami. In der ohrenbetäubenden Kanonade schenkt ihm niemand seine Aufmerksamkeit. Johnny ist längst an Land und hat nicht einmal gemerkt, dass ihm sein Page gar nicht folgt.

Der Herdentrieb hetzt die Schafe immer weiter, sodass die vorderen, jetzt vom Felsen in den Schlamm darunter stürzen. Sie schlagen mit einem lauten Schmatzen auf. Einige brechen sich die Beine, die sie dann nicht aus dem Morast herausziehen können, und quieken umso eindringlicher. Diejenigen, denen es durch irgendein Wunder gelingt, sich aus dem Schlamm zu befreien, werden einen Moment später umso tiefer wieder hineingerammt, als die nächsten Schafe auf sie herabfallen.

Die beiden Affen, die eine Verhandlungstaktik gewählt haben, sind die ersten Leidtragenden – dass sie keinen Fluchtversuch unternommen haben, bedeutet ihr sofortiges Ende. An der Stelle, wo sie sich eben noch umarmt hatten, ist nur noch ein Brei aus Blut und Fell. Nami krümmt sich auf dem Boot, die Augen fest zugepresst. Waska raucht wortlos. Die Schützenkette auf der Insel entfernt sich und hinterlässt Spuren aus Schlamm und Blut. Aus der zurückweichenden Herde der verbliebenen Tiere leuchtet ab und zu wie bei einem Feuerwerk eine explodierende rote Blutfontäne heraus. In gewissem

Abstand folgt den Jägern eine Gruppe aus Freiwilligen der Zivilverteidigung in schwarzen Overalls und mit Gesichtsmasken, die die verendeten Tiere einsammeln und in große schwarze Säcke stecken; sie sollen später in großen Kremationsöfen verbrannt werden.

»Soll die doch alle der Milzbrand dahinraffen«, sagt Waska, als die Schützengruppe hinter einem Hügel verschwunden ist. »Ich werd bei denen sicher keine erste Hilfe leisten.«

Der Weitblick seiner Bemerkung zeigt sich schon einen Moment später: Hinter dem Hügel tauchen die Silhouetten zweier Männer auf, die in der Morgensonne den Körper eines dritten über die blutbesudelte Ebene tragen. Sie schleppen ihn durch den Schlamm zum nächsten Boot und rufen seinem Kapitän zu, er möge schnell den Motor anlassen und über Funk einen Krankenwagen in den Hafen rufen. Nami kann den Mann auf die Entfernung von ein paar Dutzend Metern sehen: Er hat eine blutende Wunde an der Hüfte, der Kopf ist zur Seite gedreht, der Blick verschleiert, wie bei den Schafen, wenn Großvater sie abgestochen hat: Nach anfänglichem Widerstand verließ sie zusammen mit dem verlorenen Blut auch die Entschlossenheit zu kämpfen, die allmählich von einer ruhigen Ergebenheit abgelöst wurde. So erkennt Nami, dass sie den Angeschossenen lebend nicht einmal bis aufs Boot bringen werden; er findet darin aber keine Befriedigung, nur Wut.

»Der ist tot«, stellt der Seemann Waska fest, und Nami nickt. Das Boot mit dem Verstorbenen macht sich langsam auf den Rückweg in die Hauptstadt.

»Übergeben sie ihn nicht dem Seegeist?«, fragt Nami und zieht an seiner Unterlippe.

»Nein, Junge«, sagt Waska und spuckt ins Wasser. »Sie bringen ihn ins städtische Leichenhaus, dann richten sie für ihn eine Beerdigung her und graben ihm ein Loch auf dem Friedhof. Die Weiber werden jammern und so tun, als ob sie ihm in die Grube hinterherspringen, aber keine Angst, die meinen das nicht ernst.«

»Aber das macht den Seegeist doch wütend«, sagt Nami verständnislos.

»Kannste laut sagen«, lacht der Seemann und zuckt mit den Schultern. »Schau an, da kommt ja unsere Goldene Horde zurück.«

Die Jäger tauchen grüppchenweise hinter dem Hügel auf. Die ersten drei unterhalten sich laut, aber die anderen gehen schweigend, entweder allein oder zu zweit. Die Sonne steht schon ziemlich hoch, es muss gegen zehn sein. Langsam wird es heiß und die Männer in ihren Jägerwesten fangen an zu schwitzen. Einige sind blutbesudelt, ein dürrer Junge ohne Wimpern hat Erbrochenes an der Hose. Die Sanitärbrigade reinigt systematisch das Ufer, sodass außer den im Schlamm versackten Schafen keine Kadaver mehr zu sehen sind. Der General im Ruhestand wartet, bis alle da sind, und raucht dünne Zigarillos. Inzwischen verbreitet sich die Neuigkeit vom eingebüßten Menschenleben, die Männer rutschen noch ein Stück tiefer in ihren Trübsinn hinein. Der General im Ruhestand befiehlt Achtung und eine Schweigeminute. Alle nehmen die Mützen ab und hüsteln.

»Angetretene Einheit, Aufgabe erfüllt, Verluste im

Rahmen der erlaubten Grenzen. Ich spreche euch ein Lob aus. Rührt euch!«

Nami beobachtet schon eine Weile Johnnys Spinnengestalt, wie er am Ufer entlangstakst und ihn unter den Anwesenden sucht. Die Anspannung ist inzwischen von ihm abgefallen, seine Schultern hängen müde nach vorn, und erneut sieht man die Ungelenkigkeit und Unsportlichkeit seiner Figur. Die Locken schauen jetzt angeklatscht unter dem Käppi hervor, das Gesicht ist schweißüberströmt.

»Nami!«, brüllt er schließlich. »Nami, wo bist du, verdammte Scheiße!?«

Nami seufzt, legt die Munitionskiste ab und reicht Waska den Korb mit dem Essen. Dann steht er auf, springt aus dem Boot und versinkt bis zur Brust im Wasser. Er watet am Boot entlang bis zum Bug, wo Waska ihm den Korb zurückgibt, den Nami nun hoch über dem Kopf durch den Matsch trägt. Das Gehen fällt ihm schwer; jedes Mal sinkt sein Fuß schmatzend ein. Bei jedem Versuch, den nächsten Schritt zu machen, erinnert er sich an das Märchen vom Rübchen, das sich partout nicht aus dem Boden ziehen lässt. Der Schlamm stinkt. Falls seine Liebsten – Großmutter und Großvater – mit ihm hier im See sind, geben sie ihm das in keiner Weise zu verstehen. Wie schön wäre es, jetzt bloß einfach so auf einem Handtuch zu liegen und den Reflexionen der Sonne auf dem Wasser zuschauen zu können …, nichts anderes spielt schließlich eine Rolle.

»Wo warst du? Wo du warst, du Arsch!«, stößt Johnny

hervor, kaum dass er ihn durch den Schlamm waten sieht. Nami schweigt, beißt die Zähne zusammen.

»Wieso hast du mir nicht zur Seite gestanden, du Saubauer, als es ernst geworden ist? Als es um Leben und Tod ging? Ich ernähre dich, kleide dich ein – und du verrätst mich dermaßen?!«

Er kommt Nami entgegen, und als er nah genug ist, stößt er ihn gegen den Brustkorb, sodass der das Gleichgewicht verliert und ins Wanken gerät. Er kippt nach hinten, und weil es ihm nicht gelingt, das im Schlamm steckende Bein hinter sich zu bringen, geht er in die Hocke, aber er schafft es, den Korb festzuhalten, der ihm inzwischen auf die Brust gerutscht ist. Die Männer müssen lachen.

»Unser Imbiss ist da«, grinst Johnny mit Siegerpose, hebt den Korb über seinen Kopf und zischt Nami leise zu: »Das klären wir später.«

»Nein«, sagt Nami und steht unbeholfen auf. Seine Hose ist hinten mit stinkendem Dreck bedeckt und überhaupt gibt ihm die Situation nicht allzu viele Möglichkeiten, in Würde aus ihr herauszukommen. »Nein, wir klären das jetzt gleich.«

Johnny schaut sich überrascht um, aber da hat Nami schon Anlauf genommen und rammt ihn mit voller Wucht mit der Schulter. Der stöhnt auf und knallt in den Schlamm. In einer Hand hält er immer noch seine Flinte und in der anderen den Korb mit dem Essen, sodass er den Sturz nicht abschwächen kann. Mit lautem Klatschen fällt er hin, dass die Brühe nur so spritzt. Er kommt mit der ganzen Fläche seines Körpers auf: Das Käppi ist ihm im Fallen vom Kopf gerutscht, und die wunderschönen Locken sind jetzt mit opalisierendem braunem Morast verklebt. Die in Alufolie eingewickelten Hammelfleischbällchen kullern über die Schlammschicht wie die Quecksilberkügelchen aus einem zerbrochenen Thermometer. Aus dem Schilf kommt mit lautem Schnattern eine vergessene Ente geflogen, und einer der Jäger schießt sie routiniert ab. Mit einem weichen Schmatzen landet der Vogel ganz in der Nähe.

Johnny steht mit Mühe auf, sein Gesicht ist schief, die Kiefer liegen nicht mehr aufeinander.

»Ich geb dir einen Vorsprung«, presst er zwischen den Zähnen hervor. »Ich zähl bis zehn, und erst dann fang ich an zu schießen.«

Johnny greift zur Munition in seinem Gürtel und fängt an zu laden. Er zählt, er zählt viel zu schnell. Ehe Nami es schafft, ans Ufer zu kommen, ist er schon bei sieben. Nami läuft mit aller Kraft, er weiß, das ist jetzt bitterer Ernst. Seine vom Schlamm schweren Beine sind Ballast, an seinen Schuhen klebt eine so dicke Schicht, dass er das Gefühl hat, eine Melone an jedem Fuß mitzuschleppen. Als er »neun« hört, fängt er an, Haken zu schlagen. Johnny gibt zwei Schüsse ab. Nami zählt bis zehn, wobei er geradeaus rennt; inzwischen hat Johnny nachgeladen und fängt erneut an zu feuern. Wieder schlägt Nami Haken. Er hört, wie Johnny von seinen Kumpanen fröhlich angefeuert wird. Nach sechs Schüssen erreicht Nami die Spitze des Hügels und Johnny hat seine letzte Chance, ihn zu treffen.

Nami hört, wie die Patrone vorbeipfeift und sich in

die Erde bohrt, wo sie einen Krater hinterlässt, in den seine Hand hineinpassen würde. Er stößt einen ungläubigen Schrei aus, fällt hin und lässt sich hinter die Hügelspitze rollen. Er atmet schnell und flach wie ein Hund, hat nicht genug Sauerstoff. Er fasst sich an den Kehlkopf und sieht in den Himmel. Weiße Schäfchenwolken gleiten ruhig und unaufgeregt über seinem Kopf dahin und Nami hat sich nach einer Weile so weit beruhigt, dass er wieder Luft bekommt. Vorsichtig schaut er hinter einem trockenen Steinkrautbüschel hervor und sieht, dass Johnny ihn nicht verfolgt; auf seine Büchse gestützt hat er eine Hand am Ohr, wahrscheinlich telefoniert er.

Nami liegt noch lange zusammengerollt auf der Seite, betrachtet die Wolken und spürt den Schlamm an sich trocknen und hart werden. Er hört, wie die Motoren der Boote angelassen werden, die die Helden zurück in die Stadt bringen. Endlich ist er alleine: Er ist Robinson auf einer verseuchten Insel ohne Tiere und ohne Bäume, deren Namen er nicht einmal aussprechen kann. Diese Erkenntnis erzeugt in ihm ein Schwindelgefühl; er verbietet sich, darüber nachzudenken.

Er steht auf und geht zur Hügelspitze. Die Insel ist nicht groß, sie erstreckt sich von Nordwesten nach Südosten, wobei es von einem Ende zum anderen nicht weiter als einen Kilometer ist. Der südöstlichste Zipfel mit dem kleinen Anleger, wo die Mordbrigade vor Anker gegangen war, ist inzwischen komplett verlassen. Die gegenüberliegende Inselseite wird aber noch von der Sanitäreinheit in den schwarzen Hygieneoveralls gereinigt.

Sie bewegen sich langsam wie im Traum, wie Aaskäfer, der Dienst heute war bestimmt anstrengend. Unweit des Anlegers steht das graue Betongebäude des Labors.

An der Fahnenstange davor hängen auf Halbmast die Fetzen einer uralten Flagge, deren ursprüngliche Farben nicht mehr zu erkennen sind. Fenster und Türen hat das Gebäude entweder gar nicht mehr, oder sie hängen hilflos in den Angeln. Eine Kletterpflanze hat durch ein Fenster den Weg ins Innere gefunden, ist aber inmitten ihrer vegetativen Bemühungen vor Erschöpfung vertrocknet. Die Eingangstür ist solider, lässt sich jedoch über die angewehten Staubhaufen nicht beugen. Darüber eine Aufschrift in ausgeblichenen roten Buchstaben: ACHTUNG! BIOLOGISCHE HOCHRISIKOZONE! SICHERHEITSVORKEHRUNGEN EINHALTEN! Im Innern hängen hinter gesplittertem Glas die Sicherheitsanweisungen. Dutzende von Tierspuren zeichnen sich im Staub auf dem Boden ab, ein paar leere Keksschachteln und eine leere Büchse Kondensmilch liegen herum. Über jeder Tür im Flur hängt eine Warnlampe unter den Resten einer Plastikblende, sicher früher einmal rot. Durch den Flur kommt laut eine Hummel gebrummt und fliegt durch die Tür hinter Namis Rücken ins Freie.

Die Käfige und Terrarien in den Räumen sind zum Teil noch verriegelt. Ihre Bewohner haben in ihnen offensichtlich den Tod gefunden, aber Mutter Natur hat dafür gesorgt, dass kein Knöchelchen mehr übrig ist. In den Labors sind nur schwere Dinge zurückgeblieben, die man nicht wegtragen konnte: verchromte Stahltische,

Plexiglas-Laminarboxen ohne Plexiglas und Blechvitrinen mit zerbrochenen Scheiben. Unter Namis Füßen knirschen die Scherben von Laborglas.

Nami mochte in der Schule die Arbeit im Chemieraum, er nahm gerne Pipette und Reagenzglas in die Hand und hatte dabei das Gefühl, die gleiche Arbeit zu machen wie wirklich gebildete und schlaue Menschen, nicht aus Boros, klar. Aber in der Hauptstadt arbeiten die besseren Leute mit ihren weißen Kitteln und sterilen Händen bestimmt so. Nami durchforstet Schubladen und Karteikästen, aber er findet keinen einzigen verwendbaren Gegenstand. An der Wand hängt ein eingerissenes Plakat mit eingerollten Ecken: Den da kennt er gut, abgebildet ist der Staatslenker, darunter seine Acht Regeln für den neuen Menschen. Das Plakat ist wohl das Allergefährlichste im ganzen Labor. Er zieht eine Stahlschublade heraus und schleudert sie in dessen Richtung.

»Arschloch!«, brüllt er. Ihm gefällt, wie das klingt, also wiederholt er es, diesmal ruhiger und mit einem Hauch von Pathos, wie als er in der Schule Gedichte über den wohltätigen Staatslenker rezitiert hat. Der schaut traurig drein, regelrecht weinerlich.

In einem Raum, der anscheinend als Garderobe gedient hat, findet Nami keinerlei Kleidungsstücke, nur in einem Spind ein langes weißes Kleid. Zuerst denkt Nami, es wäre ein Laborkittel, aber als er genauer hinschaut, sieht er, dass es ein Damenkleid aus leichtem synthetischen Stoff ist, mit Rockfalten und goldgesäumten Rüschen. Das Kleid ist vom Staub ganz grau, aber es gibt keinen Zweifel: Es ist ein Hochzeitskleid. In solchen heirateten alle Mädchen aus Boros, nur auf dem Kopf trugen sie noch eine spitze Haube, verziert mit Stickereien und einem Federbusch. Wer hat auf dieser hoffnungslosen Insel wohl voller Hoffnungslosigkeit so real an eine Eheschließung gedacht, dass er sich deswegen sogar ein Hochzeitskleid zugelegt hat? Nami lehnt sich mit der Stirn gegen die offene Tür des Garderobenspinds und betastet blind die Rüschen am Ärmel. Der synthetische Stoff verhakt sich unangenehm an der rissigen Haut seiner Finger, aber das macht nichts, unter den Rüschen spürt er den Arm seiner Braut, er ist glatt und mit ganz leichtem Flaum bedeckt und bebt in freudiger Erwartung. Nami versucht, sich ihr Gesicht vorzustellen, aber es geht nicht, sie hat kein Antlitz, Nami riecht nur den schwachen Duft von Mottenkugeln und aufgewirbeltem Staub.

Das Wasser funktioniert in keinem der Räume. Nami blickt in seine geöffneten Handflächen: Sie sind schmutzig und blutig und zittern. Er kann seinen eigenen Gestank kaum noch ertragen. Vor dem Gebäude stößt er auf eine Pumpe, aus der nach ein paar rostigen Rülpsern ein dünner Strahl braunes Wasser fließt. Nami kann nach so einem verrückten Tag sein eigenes Glück kaum fassen. Er pumpt wie ein Wahnsinniger, und genauso lacht er auch. Ihm ist klar, dass das Wasser genauso toxisch ist wie das im See, aber immerhin sieht es allmählich sauber aus. Nami zieht sich aus und schafft es mit Mühe, sich unter der Pumpe komplett zu waschen. Dann legt er sich nackt in die Sonne. Er hat schrecklichen Durst. Und schläft ein.

Er wacht von der Kälte auf, die Sonne steht schon nah am Horizont. Seine Haut juckt, und die Zunge in seinem Mund fühlt sich an wie Bimsstein. Eine weitere Wahrnehmung: das kurze unterbrochene Tuten einer Schiffssirene. An der Anlegestelle fährt langsam ein Fischerboot vorbei, es ähnelt dem, auf dem sie am Morgen hergekommen sind. Am Ruder steht Waska, der ihn am Morgen auf die Insel gebracht hat, und winkt ihm lässig zum Gruß.

Nami sammelt eilig seine Sachen zusammen und rennt zum Anleger. Wild winkt er dem Seemann zu.

»Ja doch, ich seh dich schon«, sagt der ohne ein Lächeln. »Schließlich bin ich nur wegen dir noch mal hier, Junge.«

»Echt?«, stutzt Nami, ein Bein über die Außenwand des Boots geschwungen. »Sie sind für mich zurückgekommen?«

Der Seemann klatscht ihm sanft auf den Rücken.

»Mach vor allem keinen Zirkus. Und zieh dir gefälligst was Sauberes an.«

Nami lacht, kurz, bitter, aus Höflichkeit. Langsam entfernen sie sich von der Insel, beinahe ein Schäferidyll, übergossen von der untergehenden Sonne. Nami ist sich nicht sicher, ob er das alles nicht bloß geträumt hat.

»Die Hälfte von den Idioten ist bei der Polizei«, sagt der Seemann, »zwei sind Richter, einer Vizebürgermeister, der Rest ist ein Pack mit Komplexen, das die nicht mal zur Armee gelassen haben. Aber über sie beschweren kannst du dich nirgends, mein Freund. Du wirst dich jetzt vor denen in Acht nehmen müssen. Du liebes Bisschen, geh in die Kajüte, im Schrank hab ich ein paar Ersatzklamotten.«

Nami findet eine Matrosenbluse und einen Blaumann aus gewachstem Leinen, beides riecht nach Diesel, und das beruhigt Nami, ein reiner, industrieller Geruch. Die Hose rutscht, also bindet er sich einen Gürtel um.

Am Bug setzt er sich auf einen Haufen Fischernetze und schaut zu, wie das Boot die nicht besonders hohen Wellen zerschneidet. Er hat nicht die geringste Lust, über seine Situation nachzudenken. Eins ist klar: Waska ist eine der Gestalten des Seegeistes, der ihn gerettet hat. Der Seemann stützt sich jetzt aufs Ruder und lässt den Motor auf halbe Kraft gedrosselt, sodass er nur schwach hüstelt. Erfahren manövriert er das Boot, muss jedoch langsam und vorsichtig fahren, damit der Tang, der sich im See viel zu stark vermehrt hat, sich nicht um die Schiffsschraube wickelt.

»Vorsicht Backbord!«, schreit Nami, und Waska nickt, alles klar, er hats gesehen. Sie passieren einen Schafskadaver: Das Fell hat die Farbe von Schlamm, die Beine ragen in die Luft. Das Schaf sieht aus, als würde es lächeln. Seine Augen sind weit geöffnet. Waska hustet den wilden Husten des langjährigen Rauchers.

»Falls die Schafe echt was hatten, dann haben sie denen jetzt den ganzen See verseucht.« Er spuckt aus und gibt ein wenig Gas. Das Boot macht einen Satz, als hätte es die ganze Zeit darauf gewartet.

»Weißt du, wo ich dich hinbringe?«

Nami schüttelt den Kopf.

»Du hast Schwein, Junge. Ich bring dich nämlich zur

Alten Dame, sie wartet sogar schon auf dich. Ich hab ihr über einen Bekannten, der bei ihr Wartungstechniker ist, was ausrichten lassen. Er hat ihr alles über dich erzählt, wie du diesen Drecksack in den Schlamm geschmissen und dann Haken geschlagen hast, und die Alte Dame will dich kennenlernen.«

»Wer ist die Alte Dame?«, fragt Nami nach einer Weile.

Waska schüttelt den Kopf und spuckt aus.

Die Alte Dame gehörte früher zur vornehmen Gesellschaft. Sie wohnt in einer dieser einst stattlichen Villen hinter einem efeuüberwucherten Zaun, mit den Initialen der Besitzer an den bröckelnden Giebeln, dazu Gärten mit verwilderten Apfel-, Mandel-, Granatapfel- und Feigenbäumen und vertrockneten Stockrosenbüschen. Heute stehen diese Villen meist neben irgendeinem misslungenen Mietshaus, einer Ausfallstraße oder einem schäbigen Einkaufszentrum. Sie haben aber Zeiten ehemaligen Reichtums erlebt, stammen aus einer Epoche, als Ölbarone zufällig geboren wurden, indem irgendwer ein Loch gegraben hat, auf Öl gestoßen ist, und dann ein fünf Meter hoher Geysir emporsprudelte. Es hat Tage gedauert, ehe man ihn unter Kontrolle hatte. Einer dieser Barone war auch der Vater der Alten Dame gewesen, der jüngsten seiner drei Töchter, die von einer englischen Gouvernante erzogen wurden und ihre Bildung in Paris erhielten. Sie waren die Zierde jedes gesellschaftlichen Ereignisses in der Stadt und eine Partie, von der jeder emporstrebende junge Mann träumte.

Heute ist das Gesicht der Alten Dame runzlig wie ein

zerknülltes Blatt Papier. Im Unterschied zu den meisten Frauenstimmen, die im Alter in unangenehme Höhen übergehen, ist ihre rauer geworden und etwa auf Tenor-niveau abgesunken: Als Nami sie hört, kommt er sich vor, als würde er in einem unterirdischen Fluss baden. An den langen Fingern mit den hervortretenden Gelenken trägt sie goldene Ringe mit großen Steinen. Um ihr Haar kümmert sich eine Frisörin, die jeden Tag zu ihr nach Hause kommt. Täglich außer sonntags spielt die Alte Dame nach dem Frühstück eine halbe Stunde Klavier; danach schreibt sie Briefe. An den Sonntagen geht sie auf den Friedhof, wo sie ihre Eltern und die beiden älteren Schwestern besucht. Die Alte Dame ist zwar eine alte Jungfer, doch niemand glaubt. dass das wortwörtlich so stimmt. Ihren Verlobten hatte sie in den Krieg verabschie-det, von wo er ihr eine Weile schrieb und hörte dann damit auf. Noch lange danach trauerte sie um ihn. Als sie ihrem verblichenen Liebsten schließlich das Versprechen gab, niemals zu heiraten, stellte sie fest, dass das ihre Trauer erheblich linderte. Sie hatte eine Reihe von Romanzen mit bedeutenden Männern, angeblich sogar mit dem Staatslenker selbst, der sich zu Beginn seiner Karriere einige Jahre in der Hauptstadt aufgehalten hatte.

Ihren Salon besuchen regelmäßig die angesehensten Bürger der Stadt. Jeder, der irgendwann einmal etwas bedeutet hat, hat sich auch gegen die dunkelgrünen Bro-kattapeten gelehnt, Asche von den dicken türkischen Zi-garetten in die Bronzeaschenbecher in Form von Lö-wenmäulern abgeklopft und sich über sein Schicksal beschwert. Die Alte Dame hört ihnen aufmerksam zu, und entweder nickt sie verständnisvoll oder empfiehlt demjenigen, er solle aufhören zu flennen und sich zusammenreißen. In diesem Haus trifft sich – so wie in ein paar weiteren – die Schattenverwaltung der Hauptstadt, hier werden die alternativen Fäden menschlicher Schicksale gesponnen, gemeinsam Lösungen für ausweglose Situationen gesucht. Hier ist auch die informelle Stiftung für Mädchen in delikaten Situationen und Waisenkinder entstanden.

Einen dieser Salons betritt der schmutzige und erschöpfte Nami, den Overall mit einem Gürtel zusammengeschnürt, an jenem Abend, nachdem ihn das Fischerboot im Hafen abgesetzt hat. Der Großteil der Gesellschaft trägt schwarz. Im Raum hängt eine Wolke aus weißem Rauch, und eine Tango-Platte spielt: Eine Frau mit abgenutzter Stimme singt, wie ihr jede Nacht das Herz verblutet, wenn ihr Geliebter zu seiner Frau zurückkehrt. Dazu jaulen Geigen und ein Klavier. Das Geräusch wird vom Hüpfen der zerkratzten Platte begleitet; Nami hört zum ersten Mal im Leben eine.

Als sie ihn anschaut, erkennt Nami sofort, dass sie der Kopf der Gesellschaft ist: Ihr Blick ist freundlich, aber durchdringend, ihr Rücken gerade, aber ihre Bewegungen gelöst und souverän, wenngleich etwas vom Rheumatismus gelähmt. Sie hat eine markante Nase und hängende Augenlider; auf der Brust über dem schwarzen Spitzenkleid trägt sie eine Perlmuttbrosche.

»Komm her, Schätzchen«, spricht sie ihn an und streicht ihm über eine Wange. Ihre Hand ist trocken und heiß, eine Liebkosung wie mit Schmirgelpapier. Sie erinnert ihn an

Großmutter, und er reckt sich der Berührung entgegen wie eine Katze. Die Alte Dame lässt ihre Hand auf seiner Wange liegen, und Nami drückt sie zwischen Kinn und Schulter; sie lächelt überrascht und verharrt eine Weile mit ihm in diesem verschwörerischen Einverständnis, ehe sie ihre Hand zurückzieht. Sie riecht nach Tabak.

»Schöne Musik«, sagt Nami, und sie bricht in ein hustendes Lachen aus.

»Recht hast du. Sentimental, verkitscht, aber schön.«

Nami schweigt, er weiß nicht, was er sagen soll. Er weiß weder was sentimental noch was verkitscht bedeutet.

»Hast du Hunger?«

Nami nickt.

Die Alte Dame gibt einer Frau in einem Spitzenkleid ein Zeichen, die sich sofort zu ihr herabbeugt.

»Eine heiße Milch für den Jungen hier, Vera. Gib ein Gläschen georgischen Cognac rein. Und wärm für ihn Consommé auf.«

Vera schaut ihn leicht vorwurfsvoll an, bringt ihm aber ein Glas heiße Milch, von dem ihm schwindlig wird. Es stellt sich heraus, dass Consommé ganz normale Brühe ist, in der kleine Leberknödel und winzige Möhrenstückchen schwimmen, aber sie schmeckt sagenhaft, und Nami bittet um Nachschlag.

»Du bist tapfer, Schätzchen. Einen Orden hättest du verdient, aber diese seltsame Zeit hat mehr für Idiotentum übrig als für Heldentum. Auf jeden Fall musst du wissen, dass es noch Menschen gibt, die das zu würdigen wissen. Ist es nicht so, mes amis?«

Ein halbes Dutzend Leute im Salon lächelt, eine Dame mit Gefieder um den Hals fängt hysterisch an zu klatschen. Die Alte Dame ermahnt sie, nichts mehr zu trinken.

»Auf dein Wohl, mein Freund!«, bringt ein kleiner untersetzter Mann einen Toast aus – ein Frauenarzt, der ein Viertel der Hauptstadt auf die Welt befördert hat, wie Nami später erfährt – und hebt sein Glas.

Nami hüstelt verlegen. »Ich weiß nicht, ob das nicht ein Missverständnis ist«, sagt er leise. Er ist unsicher, ob er tatsächlich irgendwelche Laute hervorbringt, trotz allem hat er den Eindruck, dass sie ihm zuhören. »Das war nur so eine unschöne Schlägerei im Schlamm, keine Heldentat.«

»Revolutionen sind schon von kleineren Funken angefacht worden«, schreit die hysterische Dame.

»Ach bitte, mach ihr doch jemand einen Kaffee. Marta, hör auf zu trinken, oder ich muss dich wegschicken«, droht die Alte Dame. Die hysterische Frau wankt.

»Revolutionen?« sagt Nami erschreckt.

»Pf!«, winkt die Alte Dame ab. »Was heißt hier Revolution! Marta redet nur so dahin. Wenn du ein Bad nimmst, kannst du heute über Nacht hierbleiben, dann wird man weitersehen.«

Vera zieht ein missbilligendes Gesicht, gibt Nami aber ein Zeichen, und der folgt ihr unter Aufbietung äußerster Kräfte die Treppe hinauf ins obere Stockwerk. In seinem Kopf dreht sich alles, und Veras breiter Hintern zerfließt vor seinen Augen zu einem großen Fleck, der die ganze Welt verdeckt. Vera führt ihn in ein Badezimmer mit geblümten Fliesen, Messingarmaturen und einer Wanne mit Bronzebeinen. Die meisten Hähne tropfen, auf einigen sind Kalkablagerungen und Rost. Das Bad duftet nach Pfefferminz und frühsommerlichen Blumen, die Nami schon einige Jahre nicht mehr gerochen hat. Vera füllt ihm die Wanne bis zur Hälfte und gibt eine angemessene Menge Schaumbad hinzu. Nami taucht selig ein und verharrt reglos, ohne zu merken, dass das Wasser allmählich auskühlt, bis er schließlich einschläft.

Am nächsten Morgen kommt die Alte Dame persönlich und bringt ihm ein Glas Mandelmilch. Sie setzt sich an sein Bett und schaut mit einem Lächeln zu, wie er trinkt. Als sie ihm ihre warme Hand auf den Arm legt, schließt Nami die Augen. Die Sonne fällt in sein Bett, und er gönnt sich für einen Moment die Illusion von Sicherheit und Sorglosigkeit.

Danach geht die Alte Dame in den Salon Klavier spielen.

Zwei weitere Tage liegt Nami im Bett und rührt sich nicht, isst nicht und schläft schlecht. Er denkt daran, wie er das erste Mal beim Friseur war. Wie er das erste Mal ein Tor geschossen und sich dabei vor lauter Freude am Pfosten eine Rippe angeknackst hat. Wie er das erste Mal unter Wasser gegangen ist und gleichzeitig schwimmen gelernt hat. Wie er das erste Mal einen Trecker gefahren hat. Wie er das erste Mal Großvaters Boot gesteuert hat. Wie er das erste Mal ein Glühwürmchen gefangen und Großvater es ihm an die Stirn geklebt hat. Er denkt an lauter Unfug, an die Feiern zum Tag des Friedens und die russischen Kommandeure in ihren ausgeblichenen Uniformen. An die im Netz zappelnden silbernen Fische. Alles, was früher war. Bevor Großvater ertrunken ist, bevor Großmutter vom Seegeist geholt wurde, Zaza von einem russischen Primitivling und Nikititschs Hand von der Alten Jungfer. Er weint tränenlos.

Am dritten Tag kommt die Alte Dame und macht ein strenges Gesicht.

»Genug gejammert«, sagt sie. »Steh auf, ich brauch dich für die Gartenarbeit.«

Nami schweigt. Die Vorstellung von Gartenarbeit oder grundsätzlich von irgendetwas, was er noch jemals tun könnte, ist unsinnig, vergeblich, abwegig. Er schaut die Alte Dame ausdruckslos an. »Das hat keinen Sinn«, sagt Nami schließlich. »Ich hab keine Lust.«

»Du hast also keine Lust? Und wenn jetzt die Gardisten kämen und dich in den Kerker werfen wollten? Würdest du dann auch daliegen wie ein Kadaver und herumflennen?«

»Was für Gardisten?«

»Was für Gardisten schon! Die, mit denen du immer rechnen musst. Oder mit einem Verzweifelten, der eine Woche nichts gegessen hat, sodass er zu allem bereit ist, und auf einmal begegnest du ihm in deiner eigenen Küche. Mit dem Verrat von Freunden, die dich für ausgedachte Verbrechen gegen den Staat anschwärzen. Du musst jederzeit bereit sein, zu fliehen oder zu kämpfen, Junge. Das geht aus dem Bett heraus wohl kaum, oder?«

»Was für Gardisten«, wiederholt er trotzig.

»Tja, du hast wahrscheinlich gehört, dass ich die Geliebte des Staatslenkers war. Richtig? Das war noch zu der Zeit, bevor er Staatslenker war, er hatte schon große Ambitionen und war dabei noch ansehnlich und voll jugendlicher Begeisterung. Ich war noch sehr jung und sein Interesse hat mir geschmeichelt. Nun ja, ich habe mich in ihn verliebt, das ist auch schon so einigen vor mir passiert!«, hebt sie die Stimme.

Sie verstummt und schaut durchs Fenster in den Garten. Dann winkt sie ab.

»Dir bestimmt auch. Dort, in dem Regal, gib mir mal das Buch mit dem roten Rücken. Genau, die Volksmärchen.«

Nami reicht ihr das Gewünschte und kuschelt sich wieder in die Decke ein. Die Alte Dame lässt es einen Moment auf ihrem Schoß liegen, dann fährt sie mit der knochigen Hand über den dunkelroten Ledereinband und öffnet es. Ein bisschen Staub steigt auf, der übers Bett hinwegweht. Die Alte Dame blättert im Buch; auf der Seite mit der Sage von der Goldenen Horde zögert sie, blättert um, und dort, neben der prunkvollen farbigen Illustration von den Rittern auf ihren Pferden, in golddurchwirkten Jacken und spitzen Kappen, liegt ein kleines Schwarz-Weiß-Foto. Die Alte Dame schaut es einen Moment an und reicht es dann Nami. Auf ihm ein gut aussehender großer Mann, die Haare mit Pomade glatt zurückgekämmt, schmale Krawatte, jungenhafter Blick. Ihm zur Seite steht ein Mädchen in Lackschuhen und knielangem Faltenrock, sie lehnt an ihm, mit vorgerecktem Kinn lächelt sie frech ins Objektiv und hat eine

Hand in die Hüfte gestützt. Ihr dunkles Haar ist etwas verschwommen, wahrscheinlich hat sie, als der Auslöser gedrückt wurde, den Kopf bewegt, oder es gab einen Windstoß, während ihr Begleiter ruhig dastand. Im Hintergrund sieht man Nadelbäume und einen staubigen Weg, auf dem ein Esel entlanggeht.

»Sie waren schön«, sagt Nami aus Höflichkeit und gibt ihr das Foto zurück.

»Danke. Aber politisch unzuverlässig«, lächelt die Alte Dame. »An einem Abend haben wir noch gemeinsam eine Reise nach Paris geplant – und am nächsten Tag hat mir eine Brigade von halben Analphabeten die Tür eingetreten, um mir alle Fotos und Briefe von ihm wegzunehmen. Das hier hatte ich gut versteckt. Und am Tag danach musste ich mich bereits selber verstecken, zuerst unterm Bett und dann bei diversen Bekannten, denn meine Existenz hat den Staatslenker allzu sehr kompromittiert. Ja doch, er wollte mich ins Jenseits befördern lassen, wundert dich das?«

Nami sitzt auf dem Bett, lehnt mit dem Rücken am Kopfende und presst seine Decke zwischen den Fäusten zusammen. Es wundert ihn nicht; eigentlich nimmt er die Alte Dame gar nicht sonderlich zur Kenntnis. Er sieht zu, wie die Morgensonne durch die Holzjalousien Schatten an die Wand wirft, die vor seinen Augen weiterwandern.

»Wenn ich mir damals erlaubt hätte, so zu hadern wie du jetzt – denkst du, ich hätte das überlebt?«

Nami zuckt desinteressiert mit den Schultern.

»Er ist in die Zentrale gegangen, und dort startete

seine Karriere durch wie eine Rakete. Er hat irgendeine hässliche Matrone aus dem Zentralkomitee mit vorschriftsmäßiger Kaderakte geheiratet und sein ganzes Leben mit Tänzerinnen, Sängerinnen und Eiskunstläuferinnen rumgehurt. Glaubst du etwa, dass mich das nicht fertig gemacht hat? Dass ich nicht das Gefühl hatte, er hätte meine Lunge mit Wüstenstaub zugeschüttet? Als hätte er mich lebendig begraben? Mein ganzes Leben lang habe ich nie wieder ein einziges Wort von ihm gehört. Dann hat er irgendwann wenigstens aufgehört, mich zu verfolgen, und schließlich ist er gestorben, inzwischen habe ich Ruhe.«

Die Alte Dame hustet krächzend und verstummt. Sie legt das Foto zurück ins Märchenbuch, das sie wieder ins Regal stellt. Vornehm streicht sie sich den Rock glatt und geht aus dem Zimmer. In der Tür dreht sie sich noch einmal um.

»Also, Nami. Schwing jetzt deinen Allerwertesten aus dem Bett, zieh dich um, dann isst du was und machst dich an die Arbeit. Anschließend können wir über die Angelegenheit mit deiner Mutter sprechen.«

Nami arbeitet im Garten der Alten Dame, damit er wieder so aussieht wie auf den alten Fotos. Er ästet Bäume aus, rodet Gebüsch, jätet unbezwingbares Unkraut, legt Beete an, wo im Frühjahr Blumen und Kräuter gepflanzt werden sollen, und düngt sie. Nur mit dem Gießen ist es schwierig, Wasser gibt es in diesem Viertel eigentlich morgens und abends, und es ist verboten, es im Garten zu verwenden.

Abends kommen die verschiedensten städtischen Intellektuellen in den Salon, zweitrangige Dissidenten und Theaterdiven aus dem letzten Jahrhundert, sie führen zahlose Reden über Politik und die unhaltbaren gesellschaftlichen Zustände. Nami schläft meist im Sessel ein, den er sich wie eine Katze angeeignet hat, und die Alte Dame lässt ihn. Jeden Morgen bringt sie ihm Mandelmilch oder Zitronensaft mit Honig und fragt ihn, ob er gut geschlafen habe. Ihre Augenbrauen sind glattgezupft und voll wie bei einer jungen Frau. Nach ihrem Besuch bei Nami spielt die Alte Dame im Salon Klavier, und er hört zu. Die Zeit scheint im Zimmer zu erstarren; in der Luft schwebt geräuschlos der Staub und lässt sich auf den Plüschmöbeln und Brokatüberwürfen nieder, die Schränke duften nach Mottenkugeln und Sandelholz.

Nami steht am Morgen auf, isst etwas (er hat immer riesigen Hunger und verspeist, was er im Haus findet, ein Kilo Pfirsiche aus dem Korb in der Speisekammer, ein ganzes Weißbrot, einen Laib Käse aus der Schüssel unter der Treppe und einen Teller Couscous mit Sauerkirschsirup), danach geht er in den Garten. Er beschneidet Bäume und gräbt die Erde neben den Stockrosen um. Er schwitzt, macht sich schmutzig, und ein paar Mal verletzt er sich, seine Fingergelenke sind aufgeschürft, aber eigentlich macht ihm das Ganze Spaß. Er arbeitet bis zum Umfallen. Wenn er ins Haus zurückkommt, trägt die Alte Dame bereits ihre weißen Handschuhe und eine Boa, um ins Theater zu gehen, und so kommen sie um das Gespräch über die Mutter herum.

»Ich habe heute aus dem Unkraut eine Rose gerettet«, bemerkt Nami eines Abends. »Ich hatte sie überhaupt nicht bemerkt, fast hätte ich sie mit dem Beifuß ausgegraben.«

»Wirklich? Neben dem Gartenpavillon?«, fragt die Alte Dame, und zum ersten Mal, seit Nami sie kennt, sieht sie so aus, als hätte sie etwas aus dem Gleichgewicht gebracht.

Nami nickt.

»Dann sag mir Bescheid, wenn sie aufblüht. Jetzt muss ich mich beeilen.«

In den folgenden Tagen erwähnt wieder keiner von ihnen die Mutter; Nami arbeitet intensiv an neuen Schwielen und die Alte Dame sortiert zerstreut ihren Kleiderschrank um. Vera läuft verwirrt wie ein Hund zwischen der Alten Dame, Nami und den Nerzpelzen und Wollmänteln, die im Hof hängen, hin und her und lamentiert, dass keiner ihr etwas sagt.

Nami fragt nichts. Es ist das eine, sich vage vorzunehmen, nach der Mutter zu fahnden, etwas anderes ist es, zu wissen, dass die Wahrheit hinter dem nächsten Vorhang wartet. Man muss ihn nur herunterreißen. Nami fährt auf Autopilot, bei der Arbeit zählt er halblaut oder sagt sich patriotische Gedichte auf, die er in der Schule gelernt hat. Ins Haus kehrt er in dermaßen bedauernswertem Zustand zurück, dass er nicht mehr in der Lage ist, über irgendetwas zu reden, nach einem kurzen Bad fällt er direkt ins Bett. Die Alte Dame tut so, als hätte sie das Wort »Mutter« nie ausgesprochen.

Nami verliert die Übersicht, welches Jahr gerade ist

und wie lange er eigentlich schon in der Hauptstadt lebt. Doch als die Alte Dame eines Morgens in einem blauen Taftkleid zu ihm kommt und sich mit einem Becher warmer Milch an sein Bett setzt, weiß er genau, dass Anfang September ist und dass er also in einem Monat Geburtstag hat.

»Selbstverständlich weiß ich, wer deine Mutter ist«, fängt die Alte Dame unvermittelt an zu sprechen, als würde sie an eine Konversation anknüpfen, die nur kurz unterbrochen wurde. Nami schaut sie an und schweigt, am liebsten würde er sich die Decke über den Kopf ziehen. Die Schatten an der Wand, die von der Jalousie geworfen werden, sind jetzt viel verwischter und bewegen sich schneller.

»Du bist siebzehn, stimmts?«

Nami zuckt mit den Schultern. »Wahrscheinlich. Wahrscheinlich schon.«

»Tja, und es gibt nicht viele Mädchen, die vor achtzehn Jahren aus Boros in die Hauptstadt gekommen sind, schwanger und so verschreckt, dass sie dadurch aufgehört haben zu sprechen.«

Nami greift nach dem Glas mit der Milch und kippt sie wortlos hinunter.

»Deine Mutter heißt Marie Anna.«

Die Alte Dame schweigt, um Namis Reaktion abzuwarten. Der tut so, als hätte er sie nicht gehört.

»Sie ist damals mit dem Nachtzug gekommen, nachdem der Dorftrottel sie vergewaltigt hatte.«

Nami spricht nicht, stumm starrt er in das leere Milchglas.

»Das war ein schlichtes Gemüt, er hat ein hübsches Mädchen gesehen, die Lust hat ihn überkommen, und dann … hat er sie eben besprungen. Als die in Boros dahintergekommen sind, ist das für ihn übel ausgegangen. Wie nennt ihr das? Seegeist? Also der hat sich den Jungen angeblich geholt.«

Nami sagt nichts.

»Als Marie Anna angekommen ist, stand sie wohl dermaßen unter Schock, dass sie mit niemandem ein Wort gewechselt hat. Die Familie des Herrn Doktor, der immer zu mir kommt, hat sich ihrer angenommen, sie hat bei ihnen gewohnt und ihnen dafür im Haushalt ausgeholfen. Nach ein paar Wochen hat man festgestellt, dass sie schwanger ist. Der Herr Doktor hat ihr Kind auf die Welt gebracht – also dich – und es zu den Großeltern nach Boros geschafft.«

Nami sitzt zuerst ungerührt da, aber nach einer Weile nickt er.

»Hör mal, das ist nicht so schlimm. Solche Fälle sind zu Hunderten passiert. Eine Menge dieser Neugeborenen sind im See gelandet. Dafür hast du es eigentlich gut getroffen.«

»Und warum soll ausgerechnet das meine Mutter gewesen sein?«, antwortet Nami schnippisch. »Meine Mutter hat sich garantiert nicht vom Dorftrottel vergewaltigen lassen.«

Die Alte Dame schweigt.

»Außerdem habe ich so eine Geschichte in Boros nie gehört!«, hebt Nami die Stimme. »Nie! So ein Schwachsinn!«

Vor seinen Augen blitzen die drei roten Dreiecke auf, und auf einmal hat er's.

»Und außerdem! Meine Mama hat ihre Sprache nicht verloren! Ich kann mich erinnern, dass sie mich ‚mein Täubchen' genannt und mir was vorgesungen hat. Meine Mama hat gesprochen!«

»Nami?«

»Was ist?«

»Wie viele Jungen gibt es in Boros, die Nami heißen? Außer dir?«

»Weiß nicht«, sagt er leise. »Ich glaube, keinen.«

Die Alte Dame legt ihm die Hand auf die Schulter.

»Eben. Und dieses Kind hieß genau so. Nami.«

Nami presst sich seine Handflächen fest gegen die Augen und bleibt ein paar Minuten in dieser Haltung.

»Wo ist sie? Die ... Wo ist sie jetzt?«

Nami geht regelmäßig am Basar und an der Arbeitsbörse vorbei zu Maimun. Der Affe sitzt in seinem Käfig, meist im hintersten Winkel, wo man ihn nicht sehen kann. Unbeeindruckt nimmt er von Nami Nüsse an und verkriecht sich wieder in seiner Ecke, wo er lange daran arbeitet, sie aufzuknacken. Maimuns Penis ist ganz rot, wundgescheuert.

Auf dem Rückweg macht Nami einen Schlenker am Hafen und an Johnnys Haus entlang, er sieht ihn auch. Entgegen seiner Erwartung, ein Wrack vor dem endgültigen Kollabieren zu erblicken, wirkt Johnny mit schwarzem Rolli und Sonnenbrille frisch und jugendlich. Er bewegt sich wie eine Wildkatze, und seine

Haare wehen im Wind. Nami atmet schneller. Ihm wird klar, dass es noch nicht vorbei ist.

III.

Puppe

Kutze ist ein Dorf mitten in der Wüste. Von der Hauptstadt erreicht man es nach elfstündiger Busfahrt über staubige Pisten. Am Dorf entlang fließt ein Kanal zur Bewässerung der Baumwollfelder. Vor Jahren haben sie ihn vom Fluss Dere aus gegraben, der in den See mündet. Wohin Nami auch blickt, sieht er nur endlose Schneefelder aus Baumwolle: Baumwolle, Baumwolle, Baumwolle. Die lange Reise hat er neben einer Frau mit Kopftuch verbracht, die ein krankes Kind auf dem Schoß hatte. Als Nami aus dem Bus steigt, ist er völlig gerädert und eingestaubt.

Es herrscht gähnende Leere, der Konsum auf dem Dorfplatz hat geschlossen, genauso wie der Getränkestand. Nami geht durch den entvölkerten Ort, schaut in Fenster, klopft an Türen, drückt Klinken herunter. Nach zehn Minuten hat er alles gesehen und geht zurück zur Bushaltestelle. Der Fahrer, der ihn hergebracht hat, faulenzt auf den Stufen der Einstiegstür, die dicken Schenkel weit gespreizt, und raucht eine stinkende braune Zigarette.

»Ist gerade Baumwollernte. Sind alle auf dem Feld«, nuschelt er in Richtung Nami und spuckt braunen Rotz in den Staub.

»Wie, alle? Echt alle?«

»Na ja. Keiner ist entschuldigt. Du kannst neunzig sein, nur ein Bein und ein Auge haben, doch wenn Baumwollernte ist, musst du aufs Feld malochen. Mütter mit Kindern, sogar der Bürgermeister. Aber heute Abend kommen alle wieder, wart halt so lange.«

Kutze ist ein standardisiertes Dorf: Drei Dutzend flache Häuser mit Wellblechdach sind gleichmäßig in einem Rechteck um den Dorfplatz gruppiert, in dessen Mitte ein halb vertrockneter Maulbeerbaum steht. Neben ihm ragt auf einem Betonsockel eine Bronzebüste des Staatslenkers auf. Eine ganze Statue war für so ein kleines Dorf vermutlich nicht bezahlbar, man muss sparsam sein. Vor der Büste scharrt ein halbes Dutzend Hühner im Dreck. Ein ramponierter Laster parkt am Ortsausgang vor einem Wirtschaftsgebäude mit ein paar Blechhallen zum Trocknen und Pressen der Baumwolle. Eine Schafherde. Weiß Gott, wovon die leben. Straßenbeleuchtung gibt es nicht, Masten mit Telefonleitungen schon.

Die Luft ist durchsichtig, als würde sie überhaupt nichts beinhalten, nur leicht über dem Boden wabern Staubpartikel aus schwarzem Wüstensand. Über dem Kopf geht sie in ein blendendes Blau über. Die Geräusche verlieren sich in der Hitze, wie wenn Nami in sein Kopfkissen brüllt.

Der Busfahrer gießt sich eine Flasche Wasser über den Kopf, nimmt sich ein Kissen und schlurft langsam unter den einzigen Baum auf dem Dorfplatz, wo er sich zum Mittagsschlaf niederlegt. Die Vordertür des Busses lässt er offen, wer sollte hier was klauen? Nach einer Weile hört man lautes Schnarchen.

Nami geht über den staubigen Weg zurück aus dem Dorf zum Bewässerungskanal; von Weitem erkennt er ihn an dem grünen Distelgestrüpp, das ihn säumt. Die Wüste links vom Kanal ist ausgetrocknet, außer ein paar verdorrten Bäumen bis zum Horizont ist weit und breit nichts zu sehen. Rechtsliegen Felder mit dem weißen Flaum der Baumwollblüten. Der Kanal ermöglicht zwei Baumwollernten im Jahr, das reinste Wunder, zumindest laut den allgegenwärtigen Agitationsplakaten. In dem drei Meter breiten Betonbett steht das Wasser. Es ist weder besonders sauber noch kalt, trotzdem kühlt es. Nami lässt seinen Rucksack fallen, krempelt die Hosenbeine hoch und steigt in den Kanal. Er ist tiefer als gedacht, sodass seine Hose nass wird. Obwohl es eine trübe Brühe ist, die leicht stinkt, löst sie Freude in ihm aus, und Nami merkt, dass er lächelt. Er geht im Kanal auf und ab, etwa hundert Meter, der Grund ist glitschig von Algen und einer feinen Schlammschicht, ab und zu tritt er auf etwas Spitzes.

Er setzt sich ins vertrocknete Gras neben dem Kanal und isst die letzten drei gekochten Eier, die Vera ihm gemacht hatte. Er streckt sich aus und atmet Staub ein. Die Sonne blendet, also schließt er die Augen. Ein paar Stunden später wacht er wieder auf; sein Gesicht ist verbrannt, und er hat Kopfschmerzen. Mit der Hand über den Augen kann Nami unter der niedrig stehenden Sonne eine sich rot färbende Staubwolke erkennen. Sie nähert sich aus Westen. Die Baumwollpflücker kommen nach Hause. Nami beginnt zu zittern.

Auf einem Laster fahren die Männer, auf dem nächsten die Frauen mit den Kindern, auf dem dritten und vierten liegen die Säcke mit der Baumwolle. Alle steigen ab, die Jüngsten und am wenigsten Erschöpften legen die hintere Ladeklappe um, und die Ersten springen von der

Ladefläche, jemand wirft ihnen eine Holzkiste herunter, die sie als Stufe auf den Boden stellen, und dann helfen sie den anderen beim Aussteigen. Sie reden wenig, sind staubbedeckt und sehen müde aus. Unter ihnen sind Kinder in verschiedenem Alter, sogar Babys im Tragetuch, auch einige alte Männer und Frauen. Männer im produktiven Alter gibt es überraschend wenige.

Nami beobachtet die vom Laster springenden Frauen und forscht in ihren Gesichtern nach den Zügen jener Frau, die er zum letzten Mal vor vierzehn Jahren gesehen hat. Mit einer gewissen Gehässigkeit mustert er auch alle Kinder, die seine Stiefgeschwister sein könnten. Schließlich ist es ihr Gesang, an dem er sie erkennt. Die Frau summt wortlos vor sich hin, und hilft den älteren Frauen beim Absteigen. Ein Kind stößt ihn an, und er gerät ins Wanken. Die Frau schaut zu ihm, und plötzlich ist Nami sich überhaupt nicht mehr sicher. Dieses Gesicht ist vollkommen anders als das, was er im Gedächtnis gespeichert hat. Die Launen der Erinnerung ... Am meisten überrascht ihn, dass die Frau blaue Augen hat. Sie sieht alt aus, viel älter, als es ihrem Alter entsprechen würde – und seinem. Im Haar hat sie graue Strähnen, schwer zu sagen, ob tatsächlich ergraut oder nur eingestaubt. Sie wendet den Blick ab und hält sich an der Ladefläche des Lasters fest.

Die Kinder schwärmen ins Dorf aus, die Frauen begeben sich nach Hause, die Männer direkt zum Getränkestand, wo sie sich den ersten Schnaps bestellen. Alle reden hier schnell, bellend, als würden sie einen unausgesprochenen Groll in sich tragen. Nami fürchtet sich ein wenig; aus Boros kennt er eine breite, melodische, ruhige Sprache.

Der Busfahrer hockt mittlerweile mit dem Rücken an den Baum gelehnt und raucht. Gleich macht er sich wieder auf den Rückweg in die Stadt, aber alleine, vielleicht wird ihn erst in einem der nächsten Dörfer jemand begleiten wollen. Die Frau geht davon, und Nami fällt auf, dass ihr Gang etwas von dem einer Greisin hat. Wie sie die angewinkelten Ellbogen nah am Körper hält, der gebeugte Rücken, der gesenkte Kopf, das können nicht die zauberhaften drei Dreiecke sein. Er folgt ihr in zwanzig Metern Abstand, angezogen von ihrem leisen Summen, sein Kopf pulsiert. Hinter sich hört er, wie der Bus den Motor anlässt.

An ihrer Haustür – es ist die einzige grün gestrichene –, dreht sich die Frau um und schaut ihn an.

»Komm«, winkt sie ihm, »ich mache Tee.« Als sie spricht, sieht Nami, dass ihr ein paar Zähne fehlen. Er hält die Luft an und folgt ihr in den dunklen Flur; auf einer Seite ist ein Kleiderständer mit einem Mantel und darunter ein Paar gute Schuhe und ein Paar Galoschen, auf der anderen Seite eine mehrgeschossige Etagere mit Zwiebeln, Tomaten, Petersilie und ein paar Auberginen. Nami zieht die Schuhe aus und betritt den einzigen Raum. Er kommt ihm dunkel und überraschend kalt vor, schlicht wie eine Klosterzelle. Der Boden aus Lehm, das Fenster klein und weit oben. Über das niedrige Bett ist eine Wolldecke geworfen, daneben stehen ein kleiner runder Tisch und zwei Hocker. Gegenüber befindet sich eine kaminartige offene Feuerstelle, bedeckt mit einer

Scheibe aus Gusseisen, die Öffnung zum Schornstein dahinter ist ummauert. An einer Wand hängt ein kleines Foto des Sees aus der Zeit, als er noch viel Wasser hatte und an seinen Ufern Bäume wuchsen, und darunter steht ein Gestell mit gespannten Fäden, auf dem ein angefangener Teppich mit Kelim-Muster ruht.

Die Frau beugt sich über einen kleinen Gaskocher, einen ähnlichen hatte Johnny zum Campen, und stellt den Teekessel auf. Sie lehnt sich gegen die Wand und betrachtet den Kessel schweigend, bis das Wasser kocht. Dann wirft sie ein paar Blätter Tee, einen Gewürzzweig und einen gehäuften Esslöffel Zucker hinein.

Nami hat ein unwirkliches Gefühl. Wenn er anfangen würde darüber nachzudenken, wo er ist und was er hier tut, würde ihm schwindlig. Beide schweigen. Nami starrt die Frau an, sie hält das nur einen Moment durch, bevor sie seinem Blick ausweicht.

»Warum hast du mich verlassen?«, sagt er schließlich, aber es kommt ihm so vor, als passiere das nur in seinem Kopf, als dringe nichts nach außen, also wiederholt er es lieber. Auf seinen Stimmbändern hat sich Staub gesammelt, seine Stimme ist belegt.

»Nami«, sagt sie. Als würde sie der Name selber überraschen; ihre Augen weiten sich vor Überraschung. »Nami«, wiederholt sie. »Nami.«

Nami umklammert den heißen Becher mit Tee und drückt fest zu.

»Sags noch mal«, sagt er leise. »Noch mal.«

Und die Frau wiederholt es, sagt es in einem Fort mit beinahe abwesendem Gesichtsausdruck, sie spricht ihn

so oft an, wie sie es in den letzten siebzehn Jahren verpasst hat, »Naminaminaminaminaminaminami«, bis
es zu einem Mantra wird, einem Singsang. Nami sieht,
dass Tränen über ihre Wangen fließen und sich Wege
durch den Staub bahnen. »Na komm«, sagt Nami schließlich, steht auf und umarmt sie. Er ist einen halben Kopf
größer. Sie riecht genauso wie damals, aber das hat er
sowieso gewusst. Ohne recht zu wissen wie, schlingt er
seine Arme um sie.

»Mein Gott, wie groß du geworden bist. So groß!«,
sagt sie ungläubig. »Wie kannst du nur so groß sein?«

Nami lächelt. Vorsichtig legt er sie aufs Bett, kniet sich
neben sie und hält ihre Hand. Es ist wahr, er hat eine
Mutter. Er hat seine eigene Mutter, wie jeder andere
Mensch. Diese Feststellung erfüllt ihn mit ungläubigem
Erstaunen.

»Du hattest rote Badesachen, einen Bikini«, sagt er.

»Daran kannst du dich erinnern?«

»Ich musste brechen und du hast mir den Kopf
gehalten.«

Die Mutter lächelt.

»Jetzt gibt es dort keinen Strand mehr. Der See
schrumpft zusammen.«

Sie nickt. »Diese verfluchte Baumwolle säuft das ganze
Wasser.«

Dann schweigt sie wieder eine Weile.

»Großmutter und Großvater haben es inzwischen
hinter sich, sie sind beim Seegeist. Im Haus wohnt jetzt
der Kolchosvorsitzende. Ich hab die Schule nicht
abgeschlossen.«

Sie schaut ihn eindringlich an und sagt: »Aber du hast mich gefunden, mein Täubchen. Wie hast du mich nur gefunden?«

Es versteht sich von selbst, dass Nami bei der Frau bleibt. Für ihn ist es immer noch »die Frau«, gegebenenfalls »sie«; er zögert, sie »Mama« zu nennen, obwohl er es manchmal in Gedanken versucht.

Die Frau geht hinaus und bringt nach einer Weile von irgendwo eine Lammkeule mit Couscous und Minze mit. Nami schlingt das Essen still hinunter, bis ihm Tränen in die Augen treten; er hat das Gefühl, dass er noch nie etwas so Gutes gegessen hat. Die Frau betrachtet ihn zufrieden und schweigt. Über das Kinn rinnt ihm das Fett. Er fühlt sich schwer. Es kommt ihm so vor, als müsse er jeden Moment vom Hocker fallen, und tatsächlich, nach einer Weile rutscht sein Körper, über den er keine Kontrolle mehr hat, langsam auf den Boden. Die Frau legt ihm ein Kissen unter den Kopf und schiebt den Tisch beiseite, damit er es auf dem Fußboden bequem hat. Dann sitzt sie da und schaut ihn lange an, die Hände im Schoß.

Ihr Bild verschwimmt vor Namis Augen. Sein Kopf hämmert, aber jetzt kann er endlich schlafen, endlich ist es vorbei.

Im Verlauf der Nacht erbricht er die gesamte Keule wieder.

Die Frau geht am Morgen noch vor Tagesanbruch aus dem Haus. Sie hat ihm eine Tonschüssel mit Jogurt und

Honig auf den kleinen Tisch gestellt. Nami hat aber nicht einmal genug Kraft, seine Hand zu heben, und bleibt den ganzen Tag liegen. Durch das schmale Fenster scheint ihm die Sonne in die Augen, doch er schafft es nicht, sich ihr aus dem Weg zu rollen oder sein Gesicht zu bedecken. Er schwitzt, und sein Gehirn rinnt ihm durch die Nasenlöcher aus dem Kopf. Es ist eine Ironie des Schicksals, dass er jetzt krepiert, jetzt, wo er endlich seine Mutter gefunden hat. Aber da kann man nichts machen. Noch ehe sie vom Feld zurückkäme, wäre es bestimmt vorbei mit ihm.

Als die Frau kommt, muss sie zuallererst lüften. Eine Weile hat sie wirklich den Eindruck, dass Nami nicht mehr atmet, doch er öffnet kaum merklich die Augen.

»Mein Täubchen«, sagt sie und Tränen schießen ihr in die Augen.

Nami liegt reglos mit dem Kopf in ihrem Schoß, und sie füttert ihn löffelweise mit Pfefferminztee, kühlt seine Stirn und singt ihm leise etwas vor. Dann schlafen beide vor Erschöpfung ein. Die nächsten Tage wiederholen sich nach dem gleichen Muster; Nami ist völlig kraftlos und überlässt es der Frau, sich um ihn zu kümmern. Und sie umsorgt ihn, ohne ein Wort füttert sie ihn stunden-lang mit gesüßtem Tee, bringt ihm den Nachttopf und wechselt die durchgeschwitzte Bettwäsche. Morgens fährt sie aufs Feld, aber nachmittags kehrt sie zurück und kommt mit besorgter Miene durch den Türrahmen, wo sie statt einer Tür bunte Perlen hat, und beginnt sofort, Nami zu versorgen. Die Wochen fließen dahin, die Hitze, die jegliche Kraft aus ihm herausgeprügelt hatte, lässt allmählich nach. Als er sich ganz sicher ist, dass die Frau immer auch wieder zurückkehrt, fängt Nami langsam an, gesund zu werden. Er sitzt im Bett und gibt einsilbige Antworten, aber zum Gehen sind seine Beine noch nicht stark genug. Gelegentlich kommt ihn eine der älteren Frauen aus dem Dorf besuchen und bringt Lammbrühe oder Reisauflauf mit und redet etwas von einem zähen Kern und wohlgeformten Pappeln, was Nami nicht versteht. Einmal schaut der Bürgermeister vorbei, ein dicker, jovial dreinschauender Mann mit Heldenschnurrbart und einem abgewetzten Fleck auf dem Hemd, wo er auf dem Bauch dauernd seine gefalteten Hände ablegt. Er nickt und spricht mit leiser Stimme zur Frau. Lange betrachtet er das Foto vom See an der Wand, nickt noch einmal, seufzt und verabschiedet sich.

»Was hat er gesagt?«, fragt Nami.

»Nichts«, antwortet sie.

Eines Morgens weckt ihn die Frau mit einem feierlichen Gesichtsausdruck. Sie kniet neben ihm und hält in der Hand ein braunes Paket.

»Alles Gute, mein Täubchen«, sagt sie mit bebender Stimme. Ja, Nami hat Geburtstag. Er weiß nicht einmal mehr, wann er ihn zum letzten Mal gefeiert hat. Nami reibt sich die Augen und zerreißt das Packpapier. Darin eingewickelt ist ein gelber Plüschelefant.

Die Frau zuckt mit den Schultern und lächelt entschuldigend. »Hier im Konsum gibts nichts anderes zu kaufen.«

»Danke«, sagt Nami.

»Wenn ich vom Feld zurück bin, mache ich dir Creme caramel.«

»Danke, Mama.«

Ende Oktober ist die Baumwolle abgeerntet, und die Mutter bleibt länger zu Hause. Sie webt Teppiche, arbeitet im winzigen Garten hinter dem Haus und geht regelmäßig in die Bibliothek, die sie betreut. Das ist ein einziger muffiger dunkler Raum neben dem Konsum, außerhalb der Erntesaison ist dreimal pro Woche geöffnet. Nami ist der einzige, der die Bibliothek besucht, abgesehen von dem Agronomen mit dem breiten Gesicht, der kommt, um mit seiner Mutter zu flirten. Nami liest mit dem hemmungslosen Appetit eines ausgehungerten Raubtiers, nimmt von links nach rechts ein Buch nach dem anderen in die Hand, allerdings gibt es in der Bibliothek nicht gerade eine große Auswahl. Er liest Volksmärchen, russische Schundkrimis und Bau-Auf-Romane, auch ein Sachbuch über Baumwolllandwirtschaft.

Nami sitzt auf einem harten Stuhl in der Bibliothek und verschlingt der Reihe nach jedes Buch, während seine Mutter durch die Regale geht und die Bände mit einem Tuch abstaubt. Manchmal hält sie mitten in der Bewegung inne, dreht sich um und schaut zu Nami, und dann schüttelt sie kaum merklich den Kopf. Nami beobachtet sie aus dem Augenwinkel. Er sucht nach etwas, das er mit ihr gemeinsam hat. Wenn er lange genug hinschaut und es sich sehr wünscht, sieht er in ihrer linken Wange beim Lächeln ein ähnliches Grübchen, wie auch er eins hat. Sie spricht in der melodiösen Art wie jeder in Boros, wie auch Nami selbst, auch wenn man darin manchmal das typisch uruborische Bellen vernehmen kann. Damit muss er sich begnügen, schon das ist viel mehr, als er zu hoffen wagte. Er lebt bei der eigenen Mutter, das ist eigentlich wie ein Wunder.

Als Nami wieder bei Kräften ist, fängt er an, Streifzüge in die Umgebung zu unternehmen, zuerst in Dorfnähe, aber mit der Zeit vergrößert sich sein Radius. Der Boden ist ausgedörrt, die Landschaft seit Jahren ohne Regen. Einmal gelangt Nami bis zu den Felsen am Horizont, dann stellt er fest, dass auf ihnen ein paar Bäume wachsen, weiter unten steht sogar ein Wald. Das überrascht und beglückt ihn dermaßen, dass er unvermittelt loslachen muss.

Ist es also doch möglich, dass Dinge im Einklang mit Nami geschehen und nicht bloß zu seinem Leid? Sollte es etwa möglich sein, dass er ein ganz ruhiges, langweiliges, normales Leben führt? Dass der Seegeist endlich müde ist und sich nicht mehr um ihn schert? Dass er endlich bei jemandem leben kann, der ihn liebt, dass er manchmal auch eigene Entscheidungen treffen darf? Ihm würden doch schon ganz kleine Dinge reichen – zum Beispiel ob er spazieren geht oder lieber mit den Jungen aus dem Dorf Fußball spielt oder sich ins Bett legt und an die Decke starrt, bis ihm davon die Augen wehtun. Oder wenn er irgendwann noch einmal den Nebel sehen könnte. Solche ganz kleinen Portionen Glück, die würden ihm absolut genügen.

Nami legt sich ins Moos und entdeckt darin winzige späte Preiselbeeren. Die sammelt er und nimmt sie für seine Mutter mit. Als er nach Hause kommt, ist es schon dunkel.

»Da«, sagt Nami und entleert den Inhalt seiner Jackentasche in die Handfläche der Mutter. Die Preiselbeeren sind gefroren wie Eisperlen.

»Der Bürgermeister hat gesagt, wenn die Aussaat anfängt, musst du nun auch mit aufs Feld«, sagt die Mutter beiläufig. Nami antwortet nicht. Er kickt die Schuhe von den Füßen und gießt sich gleich Tee ein.

»Erst, wenn du wieder ganz gesund bist, natürlich«, fügt die Mutter hinzu.

Nami senkt den Kopf und schaut sie aus dem Augenwinkel an: »Sie haben gesagt, dass du deine Sprache verloren hast.«

»Das stimmt«, sagt die Mutter und wischt sich mit dem Zipfel des Kopftuchs das Gesicht ab. In ihren Stirnfalten bleibt ständig der Wüstenstaub kleben, wie bei jedem hier. »Ich koch dir einen Reis...«

»Erzähl mir was davon«, unterbricht Nami sie.

Die Mutter schüttelt den Kopf. »Reisauflauf.«

Sie macht ihn mit Schafsinnereien und Preiselbeeren.

Die Tage werden schnell kürzer und erheblich kälter. Nami wickelt sich morgens Lappen um die Füße und bricht in die Wüste auf. Die Baumwollfelder sind abgeerntet, die Pflanzen untergepflügt, der Boden geeggt und ruhig. Die Winterluft hat ein seltsames Strahlen und ungewöhnliche akustische Eigenschaften; der Klang trägt weit und schärfer, als würde er sich durch Metallpartikeln verbreiten. Auf seinen Touren begleitet Nami ein streunender Hund; den Pfoten und der Verspieltheit nach zu urteilen, scheint er noch jung zu sein. Nami toleriert ihn schweigend, gelegentlich wirft er ihm ein Stöckchen, dann beginnt er, ihm Kommandos zu geben, und der Hund gehorcht, er weiß immer genau, was man von ihm will. Eines Tages bringt Nami den Hund mit nach Hause und lässt ihn auch trotz der Proteste seiner Mutter neben dem Eingang schlafen. Es ist das erste Mal, dass sie verschiedener Meinung sind, und Nami beschließt, nicht nachzugeben. Die Mutter lenkt ein, obwohl sie Angst vor dem Hund hat. In der Nacht schnarcht der Hund laut.

Eines Nachts wird Nami von Geschrei und Stimmen geweckt. Er springt vom Bett auf, stolpert über den Hund und rennt hinaus auf den Dorfplatz. Der ist voll von Dorfbewohnern: Uruborer mit Taschenlampen und Laternen, die ihre flachen Gesichter mit den großen, breitgedrückten Nasen Richtung Himmel halten, ja, es stimmt tatsächlich, in Richtung Regen. Zwischen ihnen laufen Kinder in Nachthemden herum und schreien unverständliches Zeug. Es ist ein feines Nieseln, nichts, woraus Pfützen entstehen würden, aber das tut der Freude der Dorfbewohner keinen Abbruch. Alle legen die Kleider ab und setzen sich dem kalten Regen aus, als würde Manna vom Himmel fallen. Nami steht da, den Kopf im Nacken, leuchtet mit der Taschenlampe nach oben und sieht zu, wie die Regentropfen durch den Lichtkegel fallen. Der Bürgermeister macht die Runde, stupst die Leute mit dem Finger an und blinzelt ihnen zu, als wäre das sein Verdienst. Eine ausgemergelte Alte japst mit einem irren Lachen nach Luft, was

nach einer Weile in ein unbeherrschbares Weinen über-
geht. Zwei Frauen tanzen.

»Ich kann mich nicht erinnern, wann ich das letzte
Mal Regen erlebt habe«, sagt Nami zu seiner Mutter.
»Ich kann mich nicht erinnern, wann ich das letzte Mal
so glückliche Menschen gesehen habe.«

»Allah!«, ruft der Agronom. »Allah ist barmherzig!«

Die Mutter schweigt.

Am nächsten Tag begleitet ihn die Mutter auf seinem
Spaziergang in die Wüste. Vom Regen keine Spur mehr,
die Wüste ist genauso ausgedörrt wie immer, nur die
Luft ist ein kleines Bisschen feuchter. Der Hund läuft
freudig immer ein paar Dutzend Meter voraus, bleibt
dann stehen und fordert sie mit aufgerichteten Ohren
auf, einen Schritt zuzulegen. Beide schweigen, so wie
immer. Das ekstatische Erlebnis des nächtlichen Regens
liegt zwischen ihnen wie ein unsichtbarer Felsblock.

Der Hund nimmt Witterung auf, macht zwei verwirr-
te Sätze nach vorn und erblickt seine Beute, eine winzige
Wüstenkatze. Die ist aber viel schneller als er und kennt
das Terrain merklich besser.

»Komm, wir gehen zurück nach Boros«, schlägt Nami
unvermittelt vor.

Die Mutter durchfährt ein Zittern, und sie wickelt
sich ihr Wolltuch enger um den Körper.

»Das hier ist die Hölle. Ein trockenes Stück Erde, das
nicht mal eine Distel hervorbringt, geschweige denn,
dass Menschen darauf leben sollten. Warum sollen wir
Sklavenarbeit für die Russen machen, die all die Leute

hier aus ihren eigenen Häusern vertrieben haben? Das hat doch alles keinen Sinn!«

»Und was hat Sinn, Nami?« Die Mutter dreht sich zu ihm um und bleibt stehen. Ihre Nasenflügel beben. »Was im Leben hat denn Sinn?«

Der Hund kläfft wütend. Nami spürt, wie ihm die Kälte unter die Fingernägel kriecht. »Aus! Doofe Töle …«, fährt er den Hund an. Der Himmel ist wieder ohne eine Wolke. Versonnen denkt er an letzte Nacht zurück und hat das Gefühl, nur geträumt zu haben, wie der kalte Regen auf sein Gesicht herabgesunken ist. Er erinnert sich an die seltenen Tage auf dem Schulhof, wenn es angefangen hatte zu schneien und die Lehrerin sie nach draußen ließ; sie standen da, nur leicht angezogen, und fingen Schneeflocken mit der Zunge, oder wenn es schon mehr Schnee gab, legten sie sich hinein und machten Abdrücke von ihren Gesichtern, oder sie bauten aus dem Schnee obszöne Figuren, bis ihre Ärmel völlig durchnässt waren und die Lehrerin sie zurück ins Klassenzimmer an den Ofen scheuchte. Ihm ist, als läge das schrecklich lange zurück.

»Ich kann nicht mehr nach Boros, mein Täubchen.«

»Warum nicht? Warum?«

Der Hund dreht sich erschrocken um und klemmt den Schwanz zwischen die Beine.

»Gütiger Gott, hör auf, Nami. Sei ruhig, hör auf zu schreien. Ich werde niemals an den See zurückkehren.«

Beide schweigen und gehen durch den Staub. Sie schauen nach vorn. Jeder weicht dem Blick des anderen aus.

Sie war noch so jung! Wie alt mag sie damals gewesen sein? Siebzehn? Ja, sicher, siebzehn, sie war nicht einmal volljährig und hatte auch noch nie Wodka probiert, nicht einmal geraucht! Als sie zur Schule ging, gab es noch gemischte Klassen, Jungen und Mädchen gemeinsam, klar hat das Probleme gegeben und auch eine Menge Ärger.

Sicher haben sie sich gegenseitig geneckt, sie selbst hat einmal einem Jungen, der ihr keine Ruhe gelassen und ständig ihren Rock angehoben hat, dermaßen eine übergezogen, dass ihm davon die Augenbraue aufgeplatzt ist, damit gab es dann Scherereien in der Direktion, aber das hat sie sich doch nicht gefallen lassen können. Dort war auch einer, der hätte gar nicht einmal in eine normale Schule gehen dürfen, der war schwer behindert, und sie meint wirklich schwer. Der hat oft mit hoher Stimme vor sich hingesungen, mit den Armen gewedelt oder auf seiner Schulbank Dinge sortiert, Kastanien, Steine, Stifte, nach irgendeinem System, und wenn ihm das jemand durcheinandergebracht hat, ist er völlig ausgerastet und hat seinen Kopf auf die Bank geschlagen, bis es blutete. So ein Junge hätte doch nie in die Schule gehen dürfen, zumindest nicht mit normalen Kindern. Oder etwa nicht? Klar, dass sich die anderen an ihm vergriffen haben, sie haben seine Hefte angezündet und ihm auf die Hausaufgaben gepinkelt, so ist das eben, wenn jemand komisch ist.

Nami wird auf einmal klar, dass er neben einem Mädchen hergeht, das ungefähr so alt ist wie er, das Mundwerk rattert, als würde sie mit ihren Freundinnen reden, sogar die Bewegungen einer alten Frau sind jetzt von energischen Zügen ersetzt worden.

Und diesem Jungen sei damals seine Mutter ins Auge gefallen, sie wisse nicht, wie das passiert ist, sie habe jedenfalls keinerlei Anlass dazu gegeben. Bis nach Hause sei er ihr jeden Tag gefolt. Er habe vor der Schule auf sie gewartet und sich dann an sie gepresst und sie umarmt. Er habe ihr durchsichtige Bonbons geschenkt und vom See glattgeschliffene Glasstückchen. Ihre Mitschüler hätten das gesehen und sie dafür ausgelacht. Es sei widerlich gewesen, aber eigentlich sei sie dem Trottel deswegen nicht einmal böse gewesen, es hätte ja doch nichts genützt. Er wäre doch nicht in der Lage gewesen, irgendetwas von dem, was sie ihm sagte, zu begreifen. Als sie versuchte, ihn zu vertreiben, ihn kniff, ihn bat, nach Hause zu gehen, als sie ihn auslachte und versuchte, ihn lächerlich zu machen, hat er es nicht verstanden. Es war unerträglich.

Nami spürt, wie die Spannung in ihm wächst, wie er sich immer weiter aufrichtet. Er zittert vor Kälte und alle Muskeln am Brustkorb tun ihm davon weh.

Auch die Mutter ist auf einmal starrer, sie verstummt und reibt sich ihre Finger.

»Komm, wir gehen zurück«, schlägt sie vor, und Nami nickt schweigend. Dabei stellt er fest, dass er ein steifes Genick hat.

»Das ist nicht mein Vater, stimmts?«, fragt Nami.

Die Mutter macht eine Pause. »Ich konnte nichts dagegen tun, mein Täubchen. Ich kann nichts dafür. Er hat zwischen den Häusern auf mich gewartet, als ich nach

Hause kam. Es war Januar, früh dunkel. Er ist von hinten auf mich gesprungen …«

Nami schnieft. Es wird langsam finster. Im Dorf in der Ferne gehen die ersten Lichter an. Sie laufen schweigend, die Mutter hält sich an seinem Unterarm fest, es ist wieder die alte Frau, auch wenn sie auf dem Papier lediglich fünfunddreißig ist.

»Wie heißt er? Kenne ich ihn?«, erkundigt Nami sich nach einer Weile.

»Schahnaz. Er hieß Schahnaz.«

»Ist er gestorben?«

»Er ist beim Seegeist.«

»Was ist mit ihm passiert?«

Die Mutter seufzt. »Was mit ihm passiert ist? Ich habe fünfzehn, vielleicht zwanzig Teppiche gewebt, ehe ich überhaupt wieder sprechen konnte. Ich kann nicht darüber reden.«

»Komm, gehen wir etwas schneller«, befiehlt Nami. »Wo ist der Hund?«

»Wart mal. Jetzt wart doch mal.«

Sie ist völlig außer Atem. Mit der linken Hand angelt sie nach einer Haarsträhne, die ihr unter dem Kopftuch herausgerutscht ist.

»Am selben Abend sind sie ihn holen gegangen und haben ihn aus dem Bett gezerrt. Seine Mutter hat geschrien wie am Spieß und sich den Kerlen in den Weg geworfen, aber wie hätte sie gegen die was ausrichten sollen? Sie haben ihn zusammengeschlagen und gelyncht und zum Schluss in den See geschmissen.«

»In den See«, haucht Nami. Er hält an, um sie zu umarmen. Sie stehen da wie erstarrt, Nami spürt, wie die Kälte ihn durchdringt. Nachdem er seine Mutter nach all diesen Mühen gefunden hat, muss er sie jetzt stützen. Die Unruhe ist zurück, nichts ist gelöst, er kann noch nicht zur Ruhe kommen.

»Gibst du dafür dir die Schuld?«, fragt er nach einem Moment der Überlegung.

»Ich hatte keine Ahnung, was die ihm antun. Ich hätte es nie jemandem gesagt, wenn ich gewusst hätte, was die mit ihm machen.«

»Es ist nicht deine Schuld. Solche Barbaren. Das sind diese verdammten Volksgerichte.«

»Und dann?«, fragt Nami nach einer Weile, aber eigentlich will er nichts mehr hören.

Die Mutter zuckt mit den Achseln. »Nichts. Noch in derselben Nacht haben mich meine Eltern in den Zug Richtung Hauptstadt gesetzt. Sie wussten genau, dass die Typen, wenn sie wieder nüchtern wären, mir die Schuld geben. Und so wars auch. Die Missernte, der Wasserrückgang im See, ein schlechter Tag auf dem Meer – das alles war die Folge des Verbrechens, das ich verursacht hatte. Der Seegeist war wütend, und es war nötig, ihn zu füttern, ihm das Maul zu stopfen.«

»Die sind so primitiv«, sagt Nami. »Dich hätten sie auch geopfert.«

Die Mutter zuckt mit den Achseln. »Höchstwahrscheinlich. Wir wollten aber auf keinen Fall abwarten, um es herauszufinden.«

Die Lichter des Dorfs flimmern in der Ferne, doch sie wirken verlangsamt, die Nacht hat sich verflüssigt und ist schwer geworden. Je weniger klimatische Wechsel sich in der Wüste abspielen, desto empfänglicher ist Nami für jede noch so winzige Veränderung. Hin und wieder erwischt er sich dabei, dass er genauso Witterung aufnimmt wie der blöde Hund, manchmal versucht er sogar, die Ohren zu spitzen. Doch jetzt ist ihm kalt, und er zittert vor Wut. Die Mutter hat sich an seinen Arm gehängt, als überließe sie ihm die Kontrolle über ihren Körper. Sie erzählt ihm, wie sie unter den Uruborern ihrem Mann begegnet ist, grob und ungeschlacht sei er gewesen, hätte sie aber gern gehabt. Als sie in die Wüste gegangen seien, hätte er angefangen zu trinken und sie zu schlagen. Mehrere Zähne habe er ihr ausgeschlagen und die Fehlgeburt des Kindes verursacht, das sie mit ihm erwartete. Schließlich sei er nachts auf dem Heimweg aus der Kneipe in den Bewässerungskanal gefallen und ertrunken. Endlich hatte sie ihre Ruhe und nein, sie wolle das nicht wieder ändern. Das sei alles, ihr ganzes Leben, jawohl. Zum See werde sie nie zurückgehen. Jetzt sei ihr kalt und sie sei müde und wolle schnell wieder nach Hause.

Trotz der schrecklichen Müdigkeit kann Nami in dieser Nacht nicht einschlafen. Als er beschließt aufzustehen und spazieren zu gehen, stellt er fest, dass seine Mutter auf dem Bett sitzt, den Rücken an die Wand gelehnt und die Hände im Schoß gefaltet. Er setzt sich neben sie, und sie bleiben so, bis es hell wird. Sie schlafen im Morgengrauen ein, sich gegenseitig auf der Schulter ruhend, ineinander gesunken wie zwei reife Mohnkapseln, sie atmen im gleichen Rhythmus und träumen die gleichen wilden Träume.

Seit der Nacht, als es geregnet hatte, sind die Dorfbewohner unruhig. Oft versammeln sie sich auch im Dunkeln auf dem Dorfplatz, wo sie sich lange aufgeregt unterhalten, und der Bürgermeister muss darüber Depeschen in die Zentrale schicken, sodass er ein wenig mehr schwitzt und sein Lächeln noch gespielter wirkt. In einem Monat beginnt die Aussaat und das Letzte, was der Bürgermeister braucht, sind Probleme mit irgendwelchen Unruhen. Nach einer Woche haben sich aus ihren Debatten Forderungen herauskristallisiert: Die Freitage wollen sie frei haben fürs Gebet, auf dem Dorfplatz werden sie eine Moschee bauen, und auf dem Friedhof wollen sie ihre Verstorbenen mit dem Kopf Richtung Mekka beerdigen. Der Bürgermeister fragt in sarkastischem Ton, ob das bedeutet, dass sie, wo sie jetzt so fromm sind, aufhören, in der Kneipe Wodka zu saufen, aber die finsteren Gesichter halten ihn von weiteren Bemerkungen dieser Art ab. Eifrig schreibt er an die Zentrale. Erneut regnet es leicht. Man streitet darüber, ob das ein gutes oder ein schlechtes Zeichen sei.

Als die Aussaat beginnt, wollen die Männer nicht auf den Lastwagen steigen und aufs Feld fahren, ehe der Bürgermeister ihre Privilegien bestätigt hat. Der Bürgermeister, der ihnen bisher die abschlägige Antwort aus der Zentrale verheimlicht hat, wird wütend und schreit sie an, dass sie froh sein sollen, etwas zu fressen zu haben. Die Männer schauen sich eine Weile gegenseitig an, dann fangen sie an zu murren, steigen aber auf die Ladefläche. Bei der Aussaat allerdings schlampen sie und streuen die Baumwollsamen in den Wind. Dann setzen sie sich in die Furche und plaudern. Nami sitzt ein Stück entfernt und kaut seinen Imbiss. Der Agronom jammert, und der Bürgermeister ballt die Fäuste.

Daraufhin erheben sich die Arbeiter, gehen zum Laster und reißen die Losung über die Erhöhung der Baumwollerträge von den Seitenwänden ab. Zwei junge Kerle in Namis Alter fangen an, auf dem Transparent herumzuspringen und Kasatschok zu tanzen.

»Jungs, spinnt ihr?« Der Bürgermeister ringt die Hände. »Das gibt Ärger! Wir kennen uns doch alle, soll ich in der Zentrale anrufen, dass sie mir die Armee schicken? Na also, lasst den Unfug und macht euch an die Arbeit, dann vergessen wir das Ganze.«

Die Männer ignorieren ihn und rauchen. Dann klettern sie auf den Laster und einer von ihnen donnert gegen die Kabine: »Wir fahren nach Hause!«

Der Fahrer springt hinters Lenkrad und lässt den Motor an. Alle übrigen Arbeiter einschließlich des Bürgermeisters steigen auf, es sind dann doch sieben Kilometer bis ins Dorf.

Es treffen Nachrichten ein, dass die Uruborer auch in anderen Dörfern aufsässig werden. Aus der Zentrale hört man nichts. Die Baumwollfelder liegen brach, und im zeitigen Frühjahr schlägt auf ihnen wild das Unkraut aus. Die Männer beginnen mit dem Moscheebau, abends sitzen sie auf dem Dorfplatz, trinken Wodka und grübeln, wo sie für ihr Gotteshaus einen Geistlichen hernehmen sollen. Von den Frauen fordern sie nun, ihr Haar zu bedecken, aber vielleicht sei das nicht genug, behaupten einige, vielleicht sollten sie auch noch ihr Gesicht verhüllen.

»Ach hört doch auf«, knirscht die Mutter mit den Zähnen, aber ein Kopftuch trägt sie sowieso. Wenn die Kerle getrunken haben, schreien sie sie an, so wie auch die anderen Frauen im Dorf. Sie lassen sich einen Vollbart wachsen und machen wichtige Gesichter.

Das Versorgungsfahrzeug, das Lebensmittel ins Dorf bringt, kommt immer seltener. Eines Morgens ist die Büste des Staatslenkers mit roter Farbe übergossen. Der Bürgermeister hat seine Sachen gepackt, aber die Zentrale erlaubt ihm nicht, seinen Posten zu räumen, er muss Depeschen über den allmählichen Verfall der Moral liefern. Als er einige Tage später an seiner Bürotür ein mit Motoröl gemaltes durchgestrichenes Kreuz und einen mit einer Krampe angenagelten Frosch vorfindet, wartet der Bürgermeister nicht länger, nimmt einen der Laster und fährt davon.

Der Konsum ist mittlerweile komplett leer und der Kiosk mit dem Alkohol bis auf den letzten Tropfen ausgetrunken. Das einzige, was im Dorf noch funktioniert, ist die Bibliothek, in die aber niemand kommt. Die Büste des Staatslenkers liegt im Staub; um sie herum treiben ein paar kümmerliche Beifußstängel aus, der Wüste zum Trotz. Die Mutter arbeitet im Garten, sie gräbt um, sät Bohnen, Kartoffeln, Möhren und Zwiebeln, damit es etwas zu essen gibt. Einen ihrer Wandteppiche tauscht sie gegen drei Hühner und einen zweiten gegen zwei Säcke Nüsse und ein halbes Dutzend Gläser Honig.

»Ich muss weg«, sagt Nami jeden Tag wieder zu ihr, aber die Mutter wirft nur den Kopf zurück. Sie hat hier alles, was sie braucht, die Kerle würden sich schon wieder beruhigen und alles werde so wie früher.

Die Moschee ist unvollendet, sie ist am Bau des Minaretts gescheitert, bei dem das Material ausgegangen ist, und jetzt neigt es sich leicht zur Seite. Die Männer vergessen aber nie zu betonen, dass es sich Richtung Mekka neigt. Frühling liegt in der Luft. Auf den umgepflügten Feldern sprießt widerstandsfähige Wolfsmilch, Steinlerchen hüpfen zwischen den Reihen herum.

Es gibt Tage, an denen Nami stundenlang nicht an die Liebe denkt, aber mit der Ankunft des Frühlings wird seine Sehnsucht intensiver. Wenn die Tür knarrt, hört er ein Stöhnen, und in der Falte eines Handtuchs erkennt er eine Vagina. Seine Qualen spiegeln sich für ihn in schwachsinnigen Volksliedern wieder, die die uruborischen Frauen singen, wenn sie an der Quelle auf Wasser warten. Er hat lebendige Träume. Er träumt von Zaza, wie er in sie eindringt, wie er sich auf den Unterarmen hochstützt, um zu sehen, wie er sich mit ihr vereinigt. Dann sinkt er auf sie zurück, um sich an sie zu pressen und sie so sehr zu lieben, wie er es mit seinem ganzen Wesen nur kann. Seinem Traum fehlt jedes Mal der Höhepunkt, meist wacht er mit einer Erektion auf und boxt dann vor Wut in sein Kissen. Er hält sich mit der eigenen Hand den Mund zu und stöhnt hinein. Manchmal beißt er sich, bis es blutet.

»Wir müssen weg«, sagt er zu seiner Mutter.

Die wendet ein, dass sie nirgendwo noch mal neu anfangen wolle, dass sie alles habe und dass die Kerle sich wieder beruhigen würden. Sie hätten sogar schon davon geredet, die Baumwolle doch noch auszusäen, sie würden zwar später ernten, aber besser als gar nichts, man müsse ja von was leben.

»Ich muss zurück nach Boros«, sagt Nami schließlich bittend. Die Mutter schweigt. In der Nacht weint sie, aber er weiß, dass sie nicht zum See zurückgeht. Sie verabschiedet sich nicht von ihm, als er sich auf den Weg macht. Sie versinkt wieder in ihrer Wortlosigkeit.

IV.

Imago

Die Reise in die Hauptstadt ist lang und ermüdend. Nami braucht fast eine ganze Woche; ein Stück legt er per Anhalter zurück, dann muss er weite Strecken zu Fuß gehen. Von der Landstraße aus sieht er in der Ferne ein abgebranntes Dorf. Mehrere Male kommt eine russische Militärkolonne vorbei. Die Soldaten sind schweigsam und in ihren eigenen Gedanken verloren. Die Wüste sieht aus, als hätte sie kein Ende, sie ist bereits bis an die Hauptstadt herangekrochen. Die Stadt ist still geworden, entlang der Straße nehmen ihn angekokelte Autowracks in Empfang, die Schaufenster der Geschäfte sind eingeschlagen oder mit Brettern vernagelt. Auch die Stände des Basars sind verlassen und umgekippt, durch die Luft wirbelt Zeitungspapier, zurechtgerissen für die Tüten, in denen geröstete Sonnenblumenkerne verkauft werden.

Die Gartenmauer am Haus der Alten Dame ist eingestürzt, die kleinen Bäume, die er beschnitten hatte, sind abgeknickt, die Beete zertrampelt. Als Nami kommt, sitzt die Alte Dame auf der Veranda und trinkt Tee aus einem Porzellanbecher. Vera sitzt ihr zu Füßen, wie ein treuer Hund. Die Alte Dame steht auf und umarmt ihn, sie presst ihm ihre heißen Handflächen gegen die Wangen. Sagt, welche Angst sie um ihn gehabt habe, wie froh sie sei, dass er zurück ist, dass furchtbare Dinge geschehen seien. Dieses uruborische Gesindel habe den Garten verwüstet, alles zertrampelt und geplündert, ehe die Polizei kam – mein Gott, nie hätte sie gedacht, dass sie einmal diese verdammte Polizei rufen würde. Ob Nami wisse, was sie ihr angetan haben? Sie hätten die Vorhänge im Salon heruntergerissen und sich in sie entleert. Die Zuckerdose aus Paris hätten sie an die Wand geschmettert. Die Ingwerplätzchen gegen Blähungen hätten sie auf den Boden geschüttet und zertreten. Ob er das verstehe? Vera hat rote Augen, sie schluchzt, dass die Uruborer primitiv seien. Die Stadt, die sie ernährt hat, hätten sie im Sturm erobert. Bloß gut, dass die Armee kurzen Prozess mit ihnen gemacht habe, solche Schäden hätten sie angerichtet … Nicht einmal eine Revolution würden sie hinkriegen! Die Alte Dame weist sie zurecht und schickt sie in die Küche, um für Nami Milch mit Honig aufzuwärmen. Die Uruborer seien ungebildete Bestien, man könne ihnen wegen ihrer Erbärmlichkeit nicht böse sein.

»Ich mag Milch mit Honig nicht«, sagt Nami entschuldigend.

»Im Ernst? Warum hast du denn das nie gesagt?«

Nami zuckt mit den Schultern.

Die Alte Dame erzählt ihm, wie sie in ihrem ausgeplünderten Haus am Flügel im Salon saß und Chopins Nocturne Es-Dur spielte, als eine dreiköpfige Streife der russischen Armee eintraf.

»Zwei waren kaum älter als du, Nami. Ihre Uniformen waren eingestaubt. Es war offensichtlich, wie fehl am Platze sie sich hier fühlten. Ihre großen Pranken schwangen sie unkoordiniert an ihrem Körper hin und her wie Bären im Zirkus. Obwohl hier alles kurz und klein geschlagen war, konnte man erkennen, dass sie noch nie an einem pompöseren Ort waren. Dass das Jungs aus irgendeinem Kuhkaff waren, wo sie einmal pro Monat im Regenwasser baden«, erzählt die Alte Dame angewidert.

»Sie hatten einen Leutnant dabei, so einen dürren, um

die Vierzig, mit einer düsteren Miene unter solchen üppigen Augenbrauen. Bevor ich nicht die letzte Note gespielt hatte, habe ich sie überhaupt nicht bemerkt. Dieser Leutnant hat die ganze Zeit ein Gesicht gemacht, finster wie Wochenendarbeit. Schließlich erklärte er, dass sie sich Wasser holen kommen.«

Die Alte Dame rückt sich förmlich die Brosche mit der Kamee an der Brust zurecht. »Die Jungs sind in die Küche Wasser holen, und der Leutnant zeigte auf den Flügel, und ob er das mal ausprobieren könne. Klar, dass ich kein Bedürfnis hatte, den Mamelucken an die Tastatur zu lassen. Den Flügel hatte noch mein Vater gekauft, er ließ ihn sage und schreibe aus Berlin herbringen!«

Nami beobachtet, wie Vera, die auf einer Steinstufe der Veranda sitzt, mit dem Finger in einer Masche an ihrem Strumpf bohrt. Irgendein großer Vogel lässt sich schwer auf einem Ast des Feigenbaums nieder.

»Gestatten? Fragte der Leutnant. So anständig und wohlerzogen hat er mich gefragt. Also habe ich ihn Platz nehmen lassen. Dieser Mameluck hat sich verbeugt wie in einem Konzertsaal und fing an zu spielen. Stell dir das vor, noch ein Nocturne von Chopin, diesmal in H-Dur. Er hatte so edle, lange Finger, wie Rachmaninow!«

»Er hat wunderschön gespielt«, seufzt Vera verträumt. Die Alte Dame blickt sie verstimmt an.

»Sicher doch, er hat wunderschön gespielt. Natürlich habe ich erkannt, dass dieser russische Besatzer viel besser spielt als ich. Vera ist die Kinnlade heruntergeklappt und den Soldaten auch – sie standen in der Tür und starrten ihn mit offenem Mund an. Und weißt du, was er zu mir gesagt hat, als er fertig war?« Die Alte Dame beugt sich zu Nami.»Verzeihen Sie, hat er gesagt.Verzeihen Sie! Dass er viel zu lange nicht geübt habe. Früher sei er Professor am Konservatorium gewesen. Er sah aus, als würde er jeden Moment in Tränen ausbrechen. Einer der Soldaten stotterte, dass es kein Wasser gebe, der arme Kerl hat versucht, von der Verlegenheit seines Führungsoffiziers abzulenken! Das war ausgesprochen rührend.«

Die Alte Dame verstummt. In der Ferne ertönt Sirenengeheul. Nami schaut in seine Handflächen, aber vor seinen Augen verschwimmt alles.

»Ich habe ihn gefragt«, spricht die Alte Dame weiter, »ob das Uruborerblut sei, das er an der Uniform hat. Er hatte an der Brust so einen dunklen Fleck. Er hat nur müde gelächelt und gesagt, nein, gütiger Gott, das sei nur Motorenöl. Aber ihr Blut hätten alle an den Händen.«

»Angeblich gibt es hinter der Stadt eine Grube, wo die ganzen erbärmlichen Primitivlinge verscharrt sind«, stößt Vera zur Erklärung hervor. Ihre Stimme überschlägt sich, und Nami zuckt zusammen.

»Ich habe ihm gesagt, was ich von ihnen halte«, schüttelt die Alte Dame missbilligend den Kopf.»Ich habe ihm gesagt, dass das Tiere seien. Grubijany takije! Habe ich gesagt, damit er mich versteht. Damit er nicht denkt, dass er das mit ein bisschen Klavierspielen ausbügeln könne. Trotzdem habe ich mir auserbeten, dass er weiterspielt. Vera hat Cognac gebracht, wir haben etwas getrunken. Und der Leutnant hat sich wieder auf den Hocker gesetzt, seine langen Finger über die Tastatur gehoben und angefangen zu spielen. Otschi tschornyje, das Lied von den schwarzen Augen. Mein Gott, wie er gespielt hat! Seine Hände fuhren von rechts nach links über die Tastatur, als wären sie ihm vom Leibhaftigen eingeölt worden! Er kippte ein Glas Cognac hinunter und dann spielte er Zwei Gitarren und danach noch andere Zigeunerlieder, den Kopf gesenkt, die Augen geschlossen. Er trank und spielte, bis er vom Hocker kippte.« Die Alte Dame nickte. »Und die Soldaten haben nur still auf der Brokatpolsterung gesessen. Einer von ihnen ist mir da eingeschlafen und fing leise an zu schnarchen, aber der andere, der hat mit offenem Mund ganz still gelauscht. Als sie wieder gingen, mussten sie ihren Leutnant beim Weggehen stützen. Hörst du mir nicht zu, Nami?«

Nami schläft.

»Ich werd Ihnen helfen, dass hier alles wieder so aussieht wie früher«, sagt Nami später.

»Du bist ein guter Junge.«

»Das mach ich doch gern.«

Vera bringt süßen Pfefferminztee, und Nami berichtet der Alten Dame, wie er endlich seine Mutter gefunden hat, und ja, er sei froh darüber, auch wenn es ein wenig seltsam sei, ja, sie hätten sich gern und fühlten sich wohl miteinander, ja, sie seien einander auf ihre Art sehr nahe, aber etwas zwischen ihnen sei für immer zerbrochen. Die Alte Dame räuspert sich. Sie nickt, als hätte sie die ganze Zeit damit gerechnet.

»Du hast noch eine weitere Reise vor dir, stimmts?«, fragt sie. Nami nickt, ja, er müsse nach Boros, er habe dort, ähm, Verwandte …

»Hat Zeit«, sagt die Alte Dame. »Ruh dich erst mal aus.«
Nami sinkt in die Daunendecken der Alten Dame und
wünscht sich nichts sehnlicher, als beim Aufwachen fest-
zustellen, dass er all das, die ganzen verfluchten letzten
Jahre, nur geträumt hat.

Es herrscht Ausnahmezustand. Durch die Straßen fahren ausschließlich Polizeiautos. Ein paar Mal wird Nami
kontrolliert. Von den Straßen sind sowohl die Obdachlosen als auch die streunenden Hunde verschwunden. Die
Geschäfte sind geplündert und geschlossen. Die Stelle,
wo die Arbeitsbörse war, ist gähnend leer. Der Park ist
voller Abfall, einige Bänke sind umgekippt. Die Mauern
und sogar Steinbär sind mit uruborischen Unabhängig-
keitslosungen besprüht, meist schwer zu entziffern und
mit Rechtschreibfehlern. Einige der Aufschriften sind
bereits mit grüner Farbe überstrichen. Als Nami zum
Affengehege kommt, sieht er, dass das Gitter aufgebro-
chen ist und sperrangelweit offensteht. Der Käfig ist leer.
Er geht näher heran, und dann sieht er ihn: ein Batzen
Fell, ganz oben an der Decke auf einem Ast, von dem an
einer Kette ein Reifen herabhängt.
»Maimun!«, ruft Nami freudig. Er überlegt, wann er
sich zum letzten Mal so sehr über ein Treffen mit irgend-
wem gefreut hat.
»Maimun, alter Junge, komm her! Dein Käfig steht
offen, komm raus, Mann. Komm mit mir mit, ich kümmere mich um dich. Na mach schon!«
Maimun bewegt sich ein wenig, und dann dreht er
sich um. Er blickt Nami unverwandt an.

»Erkennst du mich, Maimun? Du erkennst mich, oder? Ich hab dir Obst gebracht und Nüsse, weißt du noch?«

Maimun schaut ihn desinteressiert an, dann dreht er den Kopf weg.

»Guck mal, ich hab was für dich. Eine Nuss. Hallo! Maimun!«

Der Affe bewegt sich langsam und vorsichtig. Er nimmt sich von Nami eine Erdnuss und kehrt schnell mit ihr zurück in seine Ecke, wo er sie knuspernd verspeist, Nami beachtet er nicht mehr.

»Maimun! Siehst du das nicht? Du bist frei!«

Maiman fängt an, sich am Penis zu zerren und wütend zu kreischen.

Nami ruht sich auf dem Betonpier im Hafen aus und sieht den Hafenarbeitern zu, die auf den Verbindungsgleisen zum Güterbahnhof sitzen. Auf den Gleisen fahren keine Züge mehr, zwischen den Schwellen sprießt büschelweise gelbgrünes Gras. Die Arbeiter haben längst keine Aufgabe mehr, sie treffen sich hier aus alter Gewohnheit. Sie rauchen und schweigen, von Zeit zu Zeit schreit einer von ihnen irgendwas, worauf ihm ein unverständliches Gewirr von Stimmen entgegenscheppert.

Er sitzt am Rand des Piers und kaut geröstete Kichererbsen. Rechts von ihm führt ein betonierter Weg zum See, das ehemalige Trockendock. Wo die Rampe anfängt abzufallen, parkt ein schwarzer Geländewagen, auf Hochglanz poliert und sauber. Nami zweifelt keine Sekunde: Es ist Johnnys Wagen, er hat die gleiche silberne Schnauze mit den Doppelscheinwerfern. Johnny ist bestimmt zu seinem Dealer in den Hafen gekommen. Über kurz oder lang wird er wieder hier sein, die Taschen voll mit Koks und Heroin. Wie konnte Nami glauben, dass er ihn nie wiedersehen würde?

Das Auto glänzt in der Sonne wie die Rüstungen der Goldenen Horde. Es ist Johnnys Schätzchen, die Verkörperung seiner Sehnsucht und seines Erfolgs. Seine Gefühle für diesen Haufen Blech sind viel inniger als für jede andere Person, die je durch sein Leben gegangen ist. Nicht einmal dem blöden Kater gegenüber hat Johnny so viel Zuneigung gezeigt.

Natürlich weiß Nami, wo Johnny den Ersatzschlüssel versteckt. Natürlich würde er es schaffen, ins Auto zu kommen, die Bremsen zu lösen und ihm dann einen kleinen Schubs zu geben. Der Neigungswinkel der Rampe ist ausreichend, um das Auto so zu beschleunigen, dass es bis ins Wasser rollen würde. Weit genug, damit die stinkende Brühe durch die offenen Türen ins Innere gelangen und die Sitze mit den Lederbezügen und die teure Audioausstattung dauerhaft ruinieren würde. Der Motor würde so mit Schlamm volllaufen, dass er sich nie wieder starten ließe. Nami schaut sich um und überprüft rasch die Lage. Bis zum Auto sind es etwa fünfzig Meter, das ist zu schaffen. Er legt einen Schritt zu, rennt. In der Ferne tutet ein Tanker, und Nami zuckt zusammen. Vor dem linken Vorderrad ertastet er fast sofort einen Gegenstand: den in Folie eingewickelten, mit Klebeband befestigten Schlüssel. Er bleibt mit dem Finger an etwas Scharfem hängen und zischt vor Schmerz. Sein Zeigefinger fängt an zu bluten. Leise flucht er. Er legt sich unter die vordere Stoßstange und versucht, den Schlüssel mit der anderen Hand herauszubekommen. Der ist kreuz und quer mit mindestens fünf Schichten Gafferband in den Kotflügel geklebt. Nami reißt eine nach der anderen herunter, zuerst schiebt er den Fingernagel zwischen Klebeband und Blech, dann nimmt er den Streifen blind zwischen Daumen und Zeigefinger und zieht mit einem Ruck.

Als er wieder steht, sind seine Finger aufgerissen und schmutzig, aber in der Hand hält er eine verdreckte Plastiktüte. Er geht auf der Fahrerseite ans Auto heran und betrachtet sein Spiegelbild in der verdunkelten Scheibe. Was mach ich hier, verdammt?, denkt er. Unsicher lässt er die Hand mit dem Ersatzschlüssel sinken und schließt die Augen. Dann atmet er tief durch, holt aus und wirft mit aller Kraft den Schlüssel in den See. Das Wasser ist zwar viel zu weit entfernt, aber der Schlüssel versinkt mit einem Schmatzen in der Schlammschicht, die sich schnell wieder über ihm schließt.

Es ist, als wäre eine zentnerschwere Last von Nami abgefallen. Als er sich aufrichtet und tief Luft holt, sieht er Johnny vom Lagergebäude kommen, gemächlich, leger, voller Elan, als würde er von der Betonstraße zurückfedern. Nami überlegt, dass wenn es den Seegeist wirklich gäbe, Johnny am Hals ein riesiges Geschwür haben müsste oder zumindest eine Glatze oder das Ekzem im Gesicht. Aber Johnny sieht schon von Weitem genauso jugendlich, frisch und gesund aus wie früher.

»Hallo Johnny«, sagt Nami, wohl etwas lauter als nötig.

Johnny hebt überrascht den Kopf. In die Augen hinter

der Sonnenbrille kann man ihm nicht schauen.

»Nami. Du kleines Aas.«

Beide schweigen und mustern sich. Ein Wind kommt auf und bringt toxischen Staub mit. Nami verdeckt sein Gesicht mit dem Ellbogen. »Ich kann deine Augen nicht sehen«, sagt er.

Johnny nimmt langsam und unbekümmert die Brille ab. Seine Hand zittert kaum merklich. Er hält die Brille am Bügel ein Stück vor seinem Körper und kann seinen Unmut über die Begegnung nicht verbergen.

Nami lässt eine Hand zur Hüfte sinken, als wolle er einen Revolver zücken.

Sie schauen sich in die Augen, lange, unverwandt. Johnnys Pupillen sind geweitet. Es wird langsam heiß, und beide schwitzen. Nami spürt seinen Puls in allen Teilen des Körpers.

»Scher dich zur Hölle!«, macht sich Johnny schließlich Luft und wendet den Blick ab. »Das hier ist nicht der Wilde Westen, du Spast.«

Nami lächelt und geht. Er hört noch, wie Johnny anfängt, vor sich hin zu pfeifen. Es klingt zum Verzweifeln falsch. Die Hafenarbeiter sehen Johnny schweigend zu, wie er in seinem glänzenden Auto wegfährt, und spucken in den Staub zwischen ihren Füßen.

Nach ein paar Wochen ist es Nami gelungen, den Garten der Alten Dame wieder herzurichten. Er fällt die kaputten Bäume, pflanzt neue. (»Ob ich wohl von ihnen noch Kirschen essen werde?«, fragt die Alte Dame halb im Scherz und halb betrübt.) Nami jätet erneut die Beete und gräbt sie um. Zwar laienhaft, aber recht stabil baut er ein Stück der Gartenmauer wieder auf und pflanzt daneben eine kletternde Bougainvillea. Wasser ist aber immer rarer, sodass viele seiner Pflanzen vertrocknen, noch bevor die Alte Dame sich über sie freuen kann.

Er sagt ihr, dass die Rose neben dem Gartenpavillon über Nacht aufgeblüht sei.

»Und was hat sie für Blüten, sag schon!«, erkundigt sich die Alte Dame aufgeregt. Nami nickt nur, und sie wechselt schnell die Schuhe und rennt fast, um die Rose mit eigenen Augen zu sehen. Der Stängel ist dünn und schwach wie nach einer Krankheit, aber komplett mit frischgrünen Blättern und karminroten Blüten bedeckt.

»Eine ist weiß, stimmts?«, sagt die Alte Dame und das erste Mal, seit er sie kennt, zittert ihre Stimme. Nami nickt. Die Alte Dame beugt sich hinunter. Sie berührt die weiße Knospe am Stängel der seltsamen Rose und sagt, wie sie jedes Mal auf diesen Augenblick gewartet hätten, jedes Jahr sei ihr Vater gekommen und habe alle zusammengerufen, »Unsere weiße Rose ist aufgeblüht!«, habe er gerufen, und alle seien in den Garten gerannt und hätten danach im Pavillon Tee getrunken und dazu Lavendelplätzchen gegessen. Alle hätten sich über diese Anomalie gefreut, wie am Stängel einer roten Rose eine weiße Blüte prangt, weiß wie ihr Kleid und die Kleider ihrer Schwestern, ihr Vater habe hinter seiner Brille hervorgelächelt und ihre Mutter habe in die Hände geklatscht und Tee in die Pariser Porzellantassen eingeschenkt. Wann sie diese Rose das letzte Mal blühen gesehen habe? Sie könne sich gar nicht erinnern …

Für einen Moment gerät sie ins Träumen, und ihr Kinn bebt.

»Mein lieber Nami, du hast mir die Freude zurückgebracht. Ich habe wieder das Gefühl, dass ich noch lebe! Ich dachte … Als mir diese Primitivlinge alles kaputt gemacht haben, hatte ich das Gefühl, als sei an allem eine Schleimschicht haften geblieben. Dass ich es nie wieder berühren kann. Dass ich nicht mehr hier leben kann. Aber es geht. Stück für Stück, man stellt sich wieder auf die Füße, nicht wahr?« Die Alte Dame lächelt und zündet sich eine Zigarette in ihrer Zigarettenspitze an.

»Und jetzt die Rose, mein Gott, das hätte ich wahrlich nicht zu hoffen gewagt!«

»Innerhalb der nächsten Woche haben sie wohl den Ausnahmezustand auf. Du könntest dich dann auf den Weg nach Boros machen«, sagt sie nach einer Weile.

Nami würde sie gern bitten, mit ihm zu fahren. Er weiß aber, dass er das nicht von ihr verlangen kann. Er muss alleine los. Und hat solche Angst vor der Reise.

Busse fahren keine, also muss Nami zu Fuß gehen.

Der Weg ist staubig, hier und da gesäumt von kümmerlichem blau blühendem Ehrenpreis oder von Gelbstern. Gelegentlich stößt Nami auf ein verrostetes Autowrack, durch dessen Fahrgestell die Vegetation hindurchbricht. Was ist mit der Besatzung passiert? Ist ihr das Benzin ausgegangen, oder hatte sie eine Panne und gab es niemanden mehr, der helfen konnte? Wurden sie überfallen? Von einem Russen mit seiner Knarre, dem die Zigaretten ausgegangen waren? Und wird die Besatzung von wilden Tieren gefressen? Als Nami in eines der Autos hineinschaut, sieht er eine violette Plastiksandale und eine billige Sonnenbrille mit zerbrochenem Gestell.

Manchmal führt der Weg an einem Hügel aufwärts. Am Hang einer solchen Anhöhe liegt das angesengte Gerippe eines zur Seite gekippten Busses.

Nami erinnert sich, dass Großvater ihn, als er klein war, manchmal auf einen kleinen Ausflug vor die Stadt mitgenommen hat, und nie musste er sich Sorgen ums Wasser machen; entlang jedes Weges war ein Brunnen, aus dem eine Quelle sprudelte. Meist hing dort auch ein Blechbecher an einer Kette, ja, solche Dinge waren selbstverständlich. Jetzt sind alle Brunnen ausgetrocknet, nutzlos, und die Tränken unter ihnen sind leer, abgesehen von zusammengewehten Staubhaufen.

Staub gibt es in rauen Mengen, von allen Seiten wird man damit zugeschüttet. Er haftet an den Ästen der Bäume, an den Grashalmen, an den Flügeln der Käfer, an Namis Schleimhäuten und den Handrücken. Durch die Löcher für die Schnürsenkel rieselt er ihm in die Schuhe.

Weit entfernt an den Hängen der Hügel stehen Fischerdörfer, inzwischen Hunderte von Metern vom öligen Wasserspiegel des Sees entfernt. Tiefe Risse im Boden führen von den Dörfern zum Wasser, wie hässliche Narben nach einer Bauchoperation. Wenn der Wind vom See her weht, stinkt es.

Nami marschiert lange und bekommt Blasen an den Füßen. Sie füllen sich allmählich mit Wasser und Blut. Sie platzen auf, woraufhin die Flüssigkeiten ins Leder der Schuhe einsickern. Am dritten Tag hat er sich daran gewöhnt. Der Frühling ist in voller Fahrt. Tagsüber übersteigt die Temperatur bereits dreißig Grad, doch nachts ist es noch kalt. Nami ist abgestumpft, Hitze, Kälte, Schmerz oder Hunger dringen nur gedämpft zu ihm vor, wie durch einen dicken Kartoffelsack. Wie ein Tier sucht er sich einen Schlafplatz im niedrigen Unterholz oder unter einem Felsüberhang, damit er von möglichst vielen Seiten geschützt ist. Er isst den gesalzenen Käse, die Nüsse und die getrockneten Aprikosen, die er von der Alten Dame bekommen hat, doch bald gehen seine Vorräte zur Neige. Als er auf einen Wasserlauf stößt, der aus dem Wald kommt, erinnert er sich, wie sie als Jungen im Bach unterhalb des Koloss-Bergs Forellen gefangen haben; er formt mit seinen Händen ein V und untersucht vorsichtig den Bereich unter den Steinen beim Ufer. Einmal hat er Glück, und er ertastet einen Fisch, doch der ist so winzig, dass es ihm nur mit Not gelingt, ihn festzuhalten. Er wirft ihn ans Ufer, von wo aus es der Fisch beinahe schafft, zurück ins Wasser zu zappeln, ehe Nami sein Taschenmesser findet und es völlig außer Atem der kleinen Forelle hinter die Kiemen rammt.

Am Fuß eines Baums findet Nami ein Eichhörnchennest, vor dem er trockenes Laub anzündet. Als die verwirrten, geblendeten Tiere herausrennen, steht Nami mit einem Stock in der Hand bereit und schlägt zu.

Während er sie am Abend auf einem kleinen Feuer brät – Holz gibt es zum Verzweifeln wenig, es reicht kaum, das Fleisch wenigstens in einen halbgaren Zustand zu versetzen – sieht er über dem See ein anderes, viel gewaltigeres Feuer. Durch das gigantische Flammenmeer steigen große Explosionsscheiben auf. Nami kaut müde auf dem zähen Fleisch herum und schaut der Vorstellung zu. An den hohen Türmen sieht er, dass es sich um eine Raffinerie handelt, und er erkennt, dass es die Raffinerie hinter der Hauptstadt ist. Allerdings kann das gar nicht sein. Es ist nicht möglich, dass er etwas sieht, was in der Hauptstadt vor sich geht, schließlich ist er schon seit einer Woche unterwegs

Er starrt auf den Wasserspiegel und dann begreift er: eine Fata Morgana. Dank der Reflexion sieht er, was sich über hundertfünfzig Kilometer entfernt abspielt: Verderben und Vernichtung, die Apokalypse, würde Großvater sagen. Die Hauptstadt brennt.

Er hört sein bescheidenes Feuerchen knistern und sieht den halben Himmel voller Flammen. Er riecht seinen eigenen Schweiß und knabbert das Fleisch von einem Eichhörnchenschenkel.

Es kommt ihm so vor, als könne er in der Ferne Boros sehen. Dahinter steht der Koloss-Felsen, auch wenn er etwas kleiner erscheint. Kleiner sind auch die Fischerhütten und die russischen Plattenbauten, die Straßen sind schmaler. Eine Weile reibt er sich die Augen und hat den Eindruck, bei einer anderen Stadt angelangt zu sein; die hier ist winzig, eine Stadt für Kinder. Aber der Torso der interplanetaren Funkstation auf dem Hügel über der Stadt steht nach wie vor, es gibt keinen Zweifel: Nami ist in Boros angekommen.

Er geht schneller und nähert sich der Stadt, doch die Proportionen bleiben unverändert. Während er weg war, sind die Häuser geschrumpft, die Entfernungen haben sich verkürzt. Nur der See ist so weit zurückgewichen, dass das Wasser kaum noch zu sehen ist. Nami schaut unablässig wie unter Zwang zu ihm hin, er hat das Gefühl, als würde sich der See lediglich zurückziehen wie das Meer vor dem Auftreffen eines Tsunamis und gleich alles wegspülen. Doch der Wasserspiegel in der Ferne glänzt und bleibt reglos. Bis weit hinaus, fast bis zum Horizont, erstreckt sich eine Flotte aus rostenden Lastschiffen, die in die Kruste des eingetrockneten Schlamms eingesunken sind und in deren Schatten Kamele rasten.

Die Fischfabrik ist mittlerweil geschlossen und ihr verrostetes Tor mit den Motivationstransparenten ist offenbar kurz vorm Zusammenzubrechen. Auf dem Hof wachsen Pionierbäume.

Das Klassenzimmer in der Schule ist leer, die Bänke stehen noch da, aber die Stühle sind weg, die Tafel hängt an nur noch einem Haken. Die Fensterscheiben sind eingeschlagen, die Rahmen aus den Angeln gefallen. Die Tür wird man nie wieder schließen können.

Die ehemaligen Russen-Plattenbauten sind voll mit angewehtem Staub. Es gibt keine Fenster mehr, obwohl in einigen Wohnungen noch jemand lebt. Man kann durch sie hindurch auf die andere Seite schauen. In den Behausungen ist nichts mehr, nicht einmal Fliesen an den Wänden. Das Roulette im einst so populären Kasino ist so eingestaubt, dass man es nicht mehr in Bewegung setzen kann.

Nami geht weiter und lungert vor Zazas Haus herum, einem zweistöckigen Wohnblock mit abblätternder Fassade. Er sitzt auf dem Bordstein wie damals, spuckt in

den Staub und wartet darauf, dass ein russischer Militär-
jeep vorbeikommt, damit er ihm eine Salve aus der MG
verpassen kann. Den ganzen Nachmittag über kommt
aber nur eine alte Frau mit einer struppigen Ziege den
Weg entlang, und ein paar Kinder mit Einkäufen. Nami
merkt, dass ihm die Hände wieder jucken, und fängt an,
sich zu kratzen.

Zaza kommt gegen Abend nach Hause. Sie trägt ein
Körbchen mit Eiern, und auf dem Kopf hat sie keine
Schleife, sondern ein dunkelblaues Kopftuch. Über ihrer
Schulter hängt eine glänzende Handtasche, unstrittiges
Merkmal des Erwachsenseins. Die Sonne fällt von hinten
auf sie, und Nami sieht durch das Kleid ihre Silhouette,
nach wie vor schlank und mädchenhaft, auch wenn der
Gang schon ein wenig an Geschmeidigkeit verloren hat.

»Zaza«, sagt er.

Überrascht schaut sie ihn an, doch als sie ihn erkennt,
lächelt sie. Ihre Hand schießt in seine Richtung, als wollte sie ihn streicheln, aber dann schiebt sie sich nur eine
Haarsträhne unters Kopftuch. Die Eier im Körbchen
hüpfen. Sie sind einzeln in Zeitungspapier gewickelt.

»Nami. Wann bist du angekommen?«

»Gestern. Also eigentlich heute.«

Zaza lächelt, wahrscheinlich über seine Nervosität.

»Wie geht es dir, Zaza? Ich hab oft … du weißt
schon …« Seine Stimme überschlägt sich.

»Mir gehts gut, Nami. Danke.«

»Das ist gut.«

»Ich habs eilig, Nami.«

Er überlegt, wohin sie es wohl so eilig haben könnte, in Boros geht alles verlangsamt vor sich, wie die Bewegung einer Fliege im Honig. »Alles klar. Morgen vielleicht?«

Zaza schaut kurz zur Haustür des Wohnblocks und dann zu einem Fenster.

»Weiß nicht.«

»Wie du willst.«

Zaza balanciert die Eier, das Körbchen gegen die rechte Hüfte gestützt. »Also, ich geh mal.«

»Wart noch.«

»Wieso?«

»Weiß nicht. Geh noch nicht.«

»Aber ich muss.«

Nami bemerkt, dass ihre Hände zittern. So wie sie gezittert haben, als er sie im Genick oder im Schritt berührt hat, das ist lange her. »Du hast immer noch das Ekzem … Am Arm.«

»Mhm. Je mehr der See austrocknet, desto schlimmer wird es.«

»Tja. Das Gift darin wird immer stärker, oder?«

Zaza schaut ihn ausdruckslos an und kratzt sich am Handgelenk.

»Komm morgen in die Konditorei, ja?«

Zaza zuckt mit den Schultern. Auf seltsame Weise drückt sie mit der Schulter die Haustür auf, wie ein Geißlein, das sich den Weg ins Gehege bahnt. Die Eier hält sie ungeschickt von oben fest. Sie ist noch ein Kind, denkt Nami, und trotzdem hat er vor ihr herumgestammelt wie ein Schuljunge. Darüber muss er lächeln.

Er begegnet bekannten Gesichtern, die ihn desinteressiert anschauen, genau wie der Affe Maimun, er ist außerhalb ihres Interessenradius. Er grüßt seine ehemalige Lehrerin, die ihn überrascht anblickt. Sie trägt ein großes Paket mit Schleife, wahrscheinlich ein Geschenk. Erst nach ein paar Schritten sieht sie sich um und ruft: »Nami?!« Er lächelt sie an, doch einen Moment später merkt er, dass sie sich nichts zu sagen haben, und sie gehen ihrer Wege.

Als er das Haus erblickt, in dem er aufgewachsen ist, beschleunigt sich sein Atem. Das Geländer am Podest vorm Haus trägt eine derart hellblaue Farbe, dass einem die Augen wehtun. Vor dem Eingang steht ein Blumentopf mit ein paar Blümchen im Weg, als Nami sie sieht, beschließt er, so lange auf sie zu urinieren, bis sie eingehen. Aus dem Fenster im ersten Stock hängen Deckbetten zum Lüften, an der Wäscheleine Kindersachen. Die Haustür steht sperrangelweit offen, sodass von drinnen her Musik aus einem Radio zu hören ist.

Nami wirft sich den Rucksack auf die andere Schulter und klopft an. Nichts rührt sich, also geht er nach einem Augenblick einfach hinein. Der Raum ist frisch gestrichen. Das dreiarmige Kind sitzt unter dem Tisch und spielt mit etwas, das Nami nicht sehen kann. Es blickt auf, und als es Nami sieht, bricht es in Lachen aus. An der Wand steht eine Wiege; der Kolchosvorsitzende muss noch ein Kind gekriegt haben. Seitlich zu ihm steht am Herd die Frau des Vorsitzenden, sie lächelt in sich hinein und sieht im Profil ganz passabel aus. Als Nami sich räuspert, zuckt sie zusammen.

»Guten Tag«, sagt Nami.

»Grüß dich«, antwortet die Frau und ihr Lächeln wird von einer besorgten Miene abgelöst. »Setz dich, die Suppe ist gleich fertig.«

»Habt ihr noch ein Kind?«

Die Frau nickt und wischt ihre verschwitzte Stirn ab.

»Gratuliere.«

Die Frau schaut ihn finster an und sagt nichts.

»Noch ein Junge?« Nami wird nervös.

»Ein Mädchen.«

»Na das ist doch gut, oder? Dass ihr ein Pärchen habt, oder?« Nami fischt in seinem Gedächtnis nach all den Phrasen, wie er sie immer bei Großmutter gehört hat.

»Ja.«

Die Frau schaut Nami ausdruckslos zu, als er zur Wiege geht. Darin schläft ein Mädchen mit einem Schopf voller Löckchen, einem engelsgleichen Gesichtsausdruck und nur einem Arm. Anstelle des zweiten ragt aus der Schulter eine Hand mit drei Fingern. Nami schließt für einen Moment die Augen und hält die Luft an. »Der Seegeist ist immer noch zornig«, sagt die Frau leise.

»Wie soll er auch nicht zornig sein«, murmelt Nami vor sich hin. Er setzt sich an den Tisch und legt die Hände darauf.

»Es gibt Kohlrabisuppe«, verkündet sie, und Nami nickt. Das Kind unter dem Tisch zieht ihm am Hosenbein und steckt ihm Stöckchen hinein. Nami beugt sich hinab, knurrt den Jungen an wie ein Hund, und der kreischt vor Grauen und Seligkeit. Nach einer Weile klettert er zu Nami auf den Schoß und plappert etwas.

Er hat einen schmutzigen Hals. Nami legt den Kopf in den Nacken, schließt die Augen und atmet den Duft des alten Hauses ein. Die Spalten im Boden, aus der immer die Schlangen herausgekrochen waren, die Großmutter mit einer Schale Milch gefüttert hatte, ist zugekittet. An den Wänden hängen Fotos vom Kolchosvorsitzenden und seiner Familie. Auf einem sieht man ihn als jungen Mann, er stützt sich auf eine Flinte und sein Fuß ruht auf etwas Großem und Haarigem, das auf dem Foto zu einem gepunkteten Fleck verschwimmt. Im Radio läuft traditionelle Volksmusik, auf der Dotar gezupft, und mit hoher Stimme singt dazu ein Verzweifelter, der am Ende von einem Felsen springen will, weil ihn seine Liebste nicht mehr ranlässt. Nami ist furchtbar müde, am liebsten würde er seinen Kopf auf den Tisch legen und einschlafen. Der Junge auf seinem Schoß zappelt unruhig herum und donnert auf den Tisch, worauf ihn die Mutter ermahnt. Als sie Nami einen Teller Suppe reicht, schubst er den Jungen ein wenig ruppig von seinem Schoß und macht sich darüber her. Sie schmeckt gut.

»Na, wie kocht meine Frau?«, hört er hinter seinem Rücken. Der Vorsitzende kommt zum Mittagessen nach Hause und mustert Nami jetzt mit zusammengekniffenen Augen, er beäugt die Muskeln auf seinem Rücken und an den Armen, Namis erste weiße Haare und die Furche zwischen den Augenbrauen. Schließlich entscheidet er sich für einen freundlich-herablassenden Tonfall.

»Meine Herrn, das ist mal eine Köchin, was?«

»Meine Mutter kocht jedenfalls besser«, gibt Nami

schnippisch zurück. Die Miene des Vorsitzenden erstarrt, vorerst ist er allerdings nicht sicher.

»Ach was. Du hast also eine Mutter?«

»Oh ja, stell dir vor. Hast du das etwa nicht gewusst?«

»Hab ich nicht«, grübelt der Vorsitzende. »Die ganze Zeit hab ich gedacht, dass dich ein sibirischer Bär ausgeschissen hat.«

»Siehste mal. Der hat mich aber ganz gut ausgeschissen, oder? Ich hab alles, was ich brauche. Zwei Arme, zwei Beine …«

Der Kolchosvorsitzende macht einen Satz auf Nami zu, aber der ist vorbereitet und hält ihm einen Stuhl in den Weg. Der Vorsitzende knallt mit den Rippen dagegen und gibt ein scherzhaftes Zischen von sich.

»Hat dir keiner gesagt, dass du dich nicht vermehren sollst, Vorsitzender? Kann dich euer Tierarzt nicht auch kastrieren? Oder könnte es dir deine Alte nicht lieber mit der Hand besorgen?« Nami schaut entschuldigend zur Frau.

Der Vorsitzende holt nach ihm aus, aber er schlägt ins Leere und kommt ins Schwanken.

»Lass bleiben, du bringst es nicht mehr«, sagt Nami müde und setzt sich zurück zu seiner Suppe. Die Frau des Vorsitzenden steht da und hält sich die Schürze vor den Mund. Das dreiarmige Kind presst sich an sie. Nami isst und klimpert mit dem Löffel im Teller. Der Vorsitzende stützt sich auf den Tisch und atmet schwer.

»Ich mach dir dein Zimmer fertig«, sagt die Frau schließlich, als die Stille nicht mehr zu ertragen ist. Sie nimmt den Jungen an der Hand und geht aus dem Raum.

Er lädt Zaza in die Konditorei Zuckerhähnchen ein, wo man den Kindern seit Menschengedenken Lutscher aus gebranntem Zucker kauft. In der Tür hängt ein Vorhang aus schmutzigen Gummistreifen, der eine Invasion von Fliegen verhindern soll, aber besonders erfolgreich ist er nicht dabei. Zaza trinkt Boza, ein fermentiertes Getränk aus Weizen, das man Kindern und werdenden Müttern gibt, weil es vitaminreich ist.

»Ich habe Alex geheiratet«, sagt Zaza beiläufig.

Nami erstarrt, er schafft es nicht, seinen Schock zu verbergen. Langsam rührt er um. Der Tee ist so schwarz, dass man nicht bis auf den Grund der Tasse sehen kann.

»Den Blödmann?«

»Ja, genau den«, nickt Zaza ausdruckslos.

Nami verstummt. Gern würde er etwas sagen, mit jedem Moment wird das Schweigen unangenehmer.

»Nun, ich weiß nicht, ob du dir das vorstellen kannst«, redet Zaza weiter, »aber in meiner Situation war es nicht so einfach, mir einen Bräutigam zu suchen.«

»Klar, ich weiß«, sagt Nami schnell. »Ist doch klar.«

»Und Alex hat keine Fragen gestellt.«

»Zaza. Ich mach dir keine Vorwürfe«, sagt er entschuldigend. Er ertappt sich dabei, wie er sich mit den Fingernägeln in den Handflächen verkrallt. Den dicken, rothaarigen Alex.

Zaza lächelt sarkastisch: »Das ist aber nett von dir.«

»Was hätte ich deiner Meinung nach tun sollen?«

»Was weiß ich. Nicht abhauen?«

Nami presst sich die rechte Handfläche aufs Gesicht und atmet laut hinein. Er schweigt und hört Zazas aufgebrachten Atemzügen zu. Sie berührt mit beiden Händen ihren Bauch und Nami bemerkt eine leichte Wölbung an Stellen, wo früher keine war. Zaza fängt seinen Blick auf und lächelt wieder säuerlich.

»Ja genau, so ist es. Ich erwarte ein Kind. Mit diesem Blödmann.«

»Ich gratuliere. Ähm. Im Ernst jetzt.«

»Du brauchst dir keine Mühe zu geben. Alex ist zwar ein Blödmann, aber er liebt mich. Er wird sich um uns kümmern. Und uns nicht verlassen.«

Nami betet in Gedanken, dass Zaza nicht anfängt zu weinen. Würde sie losheulen, könnte er das nicht ertragen.

Aber Zaza ist hart. Sie hat bereits diese fest zusammengepressten Zähne und zwei markante Furchen am Mund entlang, typisch für alle starken Frauen, denen er in seinem Leben begegnet ist. Die heult nicht einfach so los. Nami bestellt zwei Stück Baklava. Seins isst er sofort auf, zwischen den Zähnen bleibt ihm ein Stück Nuss hängen. Zaza stochert nur auf ihrem Teller herum.

»Iss. Du musst für zwei essen.«

Zaza lächelt und schiebt sich einen Bissen in den Mund. Die Baklava ist saftig, der Zuckersirup läuft Zaza übers Kinn.

»Du wirst ein Kind haben. Du wirst ihm was vorsingen und das Märchen von der Goldenen Horde erzählen, die im Koloss-Berg schläft und uns retten kommt«, lächelt Nami.

»Ja, jeden Abend.«

»Ja, das ist gut. Und vom Seegeist.«

Zaza schweigt, sie kaut konzentriert. Nami hat Lust zu sagen, dass nur ein verantwortungsloser Irrer in Boros ein Kind zur Welt bringen kann, aber stattdessen fordert er sie noch einmal auf zu essen. Zaza verhält sich wie ein artiges Mädchen, wie jedes Kind in Boros, das jemals mit ins Zuckerhähnchen gehen durfte; so lange war man mit der Konditorei erpresst worden, dass man, wenn man sich schließlich auf dem plastikgepolsterten Stühlchen wiederfand, überhaupt nicht merkte, ob das, was man auf dem Teller hatte, es überhaupt wert war.

»Wir können das nicht rückgängig machen, oder?«, sagt Zaza schließlich, als sie aufgegessen hat.

Nami zuckt mit den Schultern. »A ... hm.«

»Na ja, ich bin nicht schwanger geworden, damals nicht, falls es das ist, was du wissen willst, ich habe mir auch keine eklige russische Krankheit eingefangen.«

»Hm. Ich wollte ...«

»Aber du bist abgehauen.«

»Das tut mir leid, Zaza. Ich hab Panik gekriegt ... Sie hatten Knarren, und das waren Hohlköpfe.«

»Ich weiß. Einer von ihnen hat sich später bei einem Manöver das Hirn weggeschossen. Selber, stell dir das vor. Der muss komplett voll gewesen sein.«

»Zaza.«

»Nicht eine Nacht habe ich danach geschlafen. Ich wollte in den Brunnen springen, aber Tante Lemina hat mich gesehen. Am Ende haben sie mich für mehrere Wochen in die Kammer eingeschlossen, damit ich mir nichts antue. Sie haben mir Mohntinktur gegeben.« Sie lächelt gezwungen.

»Oh Gott.«

»Danach habe ich nicht mehr an den Brunnen gedacht.«

Nami senkt den Blick.

»Wo warst du?«

Er holt Luft, doch dann winkt er nur ab. »Lange Geschichte.«

»Ach so.«

»Nein, im Ernst. Irgendwann erzähl ich's dir.«

»Wirklich?«

»Wirklich.«

»Na gut.«

»Klar.«

»Hats dir wenigstens was gebracht, Nami?«, ruft Zaza unvermittelt, dass sich die Gäste in der Konditorei umdrehen. »Sag schon! Hatte das wenigstens irgendeine Bedeutung, dass du gegangen bist?«

Nami schweigt. Ein etwa achtjähriges Mädchen zeigt am Tresen der Verkäuferin sein Spielzeug: eine Aufziehpuppe. Wenn man den Schlüssel dreht, fängt die Puppe in ihrer Krinoline an sich zu drehen, und es ertönt ein Motiv aus Schwanensee. Während dem Mechanismus allmählich die Luft ausgeht, läuft die Melodie immer langsamer und leiernder.

Nami glaubt, dass er Zaza eigentlich liebt, dass sich daran nichts geändert hat, auch wenn sie ein Kind mit dem Blödmann Alex erwartet. Und dass er froh ist, mit ihr hier zu sein.

»Ich sollte Schnaps eingießen, hm?«, verkündet der Vorsitzende. Während er die Gläser füllt, zittert seine

Hand und er verschüttet etwas auf den Tisch. Er reicht Nami ein Glas, stößt mit ihm an und gießt ein wenig auf den Fußboden. »Zum Gedenken an deine Großmutter«, sagt er.

»Ja, genau. Wäre sie nicht gewesen, würdest du nicht in so einem schönen Haus wohnen, sondern immer noch in irgendeinem Stall, stimmts?«, sagt Nami und kippt den Wodka hinunter. »Auf sie!«

»Was willst du eigentlich? Wenn mir danach ist, mach ich dich fertig. Wenn ich mich mit den Jungs aus dem Kolchos abspreche, bist du morgen beim Seegeist.«

»Klar. Wie Schahnaz? Der kranke Junge, den ihr gelyncht und ertränkt habt? Macht ihr das auch mit mir?«

Der Vorsitzende richtet sich auf und reißt die Augen weit auf. Eine Weile sieht er aus, als würde er keine Luft kriegen. Das Kind in der Wiege fängt an sich zu bewegen und zu quengeln.

»Wo ist Schahnaz' Familie? Wo wohnen sie?«

»Außerhalb von Boros.« Der Vorsitzende wedelt mit der Hand Richtung Westen. »Wo früher die Schiffswerften und die Trockendocks waren, und dann noch weiter, so ein verfallenes Haus, eher eine Hütte. Da wohnt sein Vater. Du erkennst es daran, dass es ringsherum aussieht wie Kraut und Rüben.«

Er rülpst laut. »Aber der ist geisteskrank.«

Nami nickt. »Dein Kind schreit.«

Er wirft sich den Rucksack über eine Schulter und geht, ohne sich zu verabschieden. Das Baby brüllt. Die Frau des Vorsitzenden kommt aus dem Obergeschoss gerannt; sie holt es aus der Wiege, nimmt es auf den Arm und tröstet es. Sie läuft Nami hinterher bis vors Haus.

»Ich kannte deine Mutter«, sagt sie hastig.

»Wirklich?«, sagt Nami desinteressiert.

»Ja, echt. Sie ist mit mir in eine Klasse gegangen. Blaue Augen hat sie gehabt. Alle Jungs wollten sie, nicht nur Schahnaz. Sie ist so schön gewesen.«

Nami hat den starken Drang sie zu schlagen.

Stattdessen haut er mit einer Faust in die andere Handfläche. Er läuft zum Hafen hinunter, folgt der Landstraße, kommt an der alten Tankstelle vorbei, an den Werften bis zur alten Fischersiedlung, wo ein paar Hütten stehen. Er dreht sich um und sieht Boros im Licht der untergehenden Sonne, das Städtchen kommt ihm schön vor, inklusive des Saustalls im Zigeunerviertel und der kaputten russischen Plattenbauten. Am Horizont bilden sich rosige Wolken. Die ersten Mücken des Jahres beginnen zu stechen.

Der Vorsitzende hatte recht: eins der Häuschen zeigt Anzeichen von Bewohntheit, und sein Umfeld ist voller Gerümpel. Am Zaun hängen Becher, Ledergurte, Schuhe einzeln und paarweise, Eimer und Kanister aus Plastik, bunte Tücher, Mützen, Ketten, Seile, zerrissene Lampions, Aktentaschen, ein Neoprenanzug. Am Zaun entlang stehen Kühlschränke, Stoßstangen, Schiffsschrauben, Harpunen, Strahler, Autobatterien, Waschbecken, Balken und Bretter in Reih und Glied. Die Berge von Zeug verdecken einen Teil der Fenster.

Ein Mann in Trainingsanzug und Unterhemd sitzt auf

dem Podest vor dem Haus und putzt mit einer Zahn-
bürste ein Zinngefäß. Er schaut Nami durch dicke Bril-
lengläser an. Seine Augen sind klar und pfiffig, die Haare
weiß, die Arme muskulös und braungebrannt.

Nami grüßt und der Mann gibt ihm ein Zeichen, sich
neben ihm aufs Podest zu setzen. Nami wirft den Rucksack ab, nimmt Platz und lehnt sich mit dem Rücken
gegen die abbröckelnde Hauswand. Er hat das Gefühl,
die Begrüßung habe ihn so sehr erschöpft, dass er kein
einziges Wort mehr herausbringt, also schweigt er.

Der Mann macht mit seiner Arbeit weiter; als er mit
der Zinnvase fertig ist, nimmt er einen Bronzemörser in
die Hand, träufelt ein paar Tropfen Zitronensaft darauf
und poliert aufs Neue. Nami schließt die Augen und
testet, ob die Sonne bereits in der Lage ist, seine Haut zu
verbrennen. Als er zusammenzuckt, merkt er, dass er
weggedöst war. Der Mann gibt ihm einen Becher Tee.
Nami bedankt sich mit einem Kopfnicken und trinkt
den noch heißen Tee fast in einem Zug aus. Das Getränk
ist stark und sehr süß.

Schließlich macht der Mann eine weit ausholende
Handbewegung. »Alles aus dem See. Hab alles ich gerettet. Die wertvolleren Sachen sind im Haus. Hochzeitsal-
ben. Ja, das glaubt man kaum, auch Fotos kann man retten. Briefe. Portemonnaies. Geschnitzte Kästchen mit
Backgammonsteinen aus Elfenbein.«

Der Mann lächelt und verstummt. Es wird dunkel und
schnell kälter.

»Wir gehen rein«, sagt er und steht auf. Im Häuschen
zündet er eine Petroleumlampe an. Von der Anrichte

bringt er ein Stück Brot, ein Schälchen mit Butter und zwei Zwiebeln. Nami kaut langsam und beginnt schon wieder einzuschlafen. Der Mann zeigt auf ein Bett und sagt, er solle sich nur ausruhen, das sei früher das Bett seines Sohnes gewesen.

Die Flamme in der Petroleumlampe flackert und wirft Schatten. Nami fällt ins Bett, in dem sein eigener Vater geschlafen hat, und bevor ihm das klar wird, schläft er bereits.

Am Morgen erwacht er mit Atemnot. Er ringt nach Luft, bis er merkt, dass auf seiner Brust ein großer rostroter Kater liegt. Erst jetzt wird ihm bewusst, wo er ist. Er nimmt den muffigen Gestank des alten Hauses wahr und einen dezenten Geruch nach Metall und Vaseline. Der Mann sitzt am Tisch und liest laut. Er hat ein abgetragenes, aber sauberes Hemd und eine schwarze Hose an.

Das Land Sebulon und das Land Naftali,
die Straße am Meer, das Gebiet jenseits des Jordan,
das heidnische Galiläa:
das Volk, das im Dunkel lebte,
hat ein helles Licht gesehen;
denen, die im Schattenreich des Todes wohnten,
ist ein Licht erschienen.

»Das Matthäus-Evangelium«, sagt er freudig in Namis Richtung. Nami steht auf und reckt sich. Noch immer ist er damit beschäftigt, sich klarzumachen, wo er eigentlich ist. Der Mann blickt ihn ruhig an, ohne Fragen, ohne Gereiztheit.

»Der Kolchosvorsitzende hat mich hergeschickt, der wohnt jetzt in unserem Haus«, sagt Nami. Die Worte kommen aus ihm heraus, als wären sie in Isolierfolie eingewickelt, sie sind überhaupt nicht mit ihm verbunden, gehören ihm nicht. »Meine Mutter ist Marie Anna. Das heißt, ich bin Ihr Enkel.«

Der Mann nimmt die Brille ab und putzt sie auf seinem Bauch in aller Ruhe mit einem Hemdzipfel.

»Da liegst du falsch«, sagt er dann. »Ich habe keinen Enkel. Und auch keinen Sohn. Ich habe weder eine Frau noch andere Verwandte. Mein einziger Freund ist Jesus Christus, der Herr.«

Nami zuckt mit den Schultern. Ein paar Mal schlägt er mit der Faust in seine offene Handfläche und geht vors Haus. Die Sonne steht bereits am Himmel, aber die Schatten sind noch lang und die Luft kühl. Warum sollte es ihn überraschen, dass er am Ende seiner Reise auf einen Verwirrten gestoßen ist? Anders hätte es auch gar nicht sein können.

Der Mann folgt Nami nach draußen und setzt sich aufs Podest vorm Haus. Auch der rote Kater erscheint und springt auf seinen Schoß. Der Mann gräbt ihm seine Hand ins lange Fell und streichelt ihn sanft.

»Du bist nicht mein Enkel«, sagt er versöhnlich. »Ich hatte einen einzigen Sohn, und der ist gestorben, rein wie ein Engel. Deine Mutter war alles, aber ganz sicher keine Jungfrau, als das passiert ist.«

Nami schweigt und starrt in die Ferne. Das Wasser erkennt man nur noch daran, dass die blasse Morgensonne von ihm reflektiert wird.

»Das Mädchen wird in einer Notlage gewesen sein, ich werfe ihr nicht vor, dass sie sich das ausgedacht hat. Weiß Gott, was sie dazu gebracht hat – und wie sich in einer ähnlichen Situation jeder von uns verhalten hätte. Sie saß in der Patsche und wusste nicht ein noch aus. Der werfe den ersten Stein, der selbst ohne Schuld ist.«

Nami hält sich am Geländer fest und merkt, dass seine Beine zittern, als wäre er krank.

»Schahnaz war ein guter Junge. Und was für ein Köpfchen der hatte! Er war beim Rechnen schneller als sein Lehrer. Und ordentlich war er. In der Werkstatt hat er mir immer alles schön einsortiert, der Größe nach. Perfekt geordnet: Hämmer, Schrauben, sogar Fadenknäuel, alles unter den Abdeckungen, es ist nie vorgekommen, dass eine Reißzwecke aus der Reihe vorgestanden hätte.« Der Mann lächelt. »Seine Mutter hat ihm vorm Schlafengehen immer etwas vorgesungen, von klein auf, bis er siebzehn war, jedes Mal musste sie ihm dieselben drei Lieder vorsingen, erst dann ist er eingeschlafen. Manchmal ist er etwas ausgerastet, und er ist nie mit den anderen Kindern rausgegangen, aber niemals hat er jemandem etwas zu Leide getan. Keinem Menschen. Und er hat mich Paap genannt.« Er macht eine Pause und spricht dann weiter: »Sie sind eines Abends hergekommen. Das war im Januar, es war früh dunkel, schon gegen fünf. Angeführt hat sie der Kolchosvorsitzende, aber es waren alle da, der Schamane, dein Großvater, alle Mächtigen und ihre Weiber, und alle haben gegrölt: ‚Gebt uns diesen Bastard raus!‘ Keiner von uns wusste, was los ist, aber kurz danach war das Haus voller Menschen. Unseren verschreckten

Schahnaz haben sie aus dem Bett gezerrt, er hat gebrüllt vor Entsetzen, das kannst du dir vorstellen. Ach, gütiger Gott«, sagt der Mann ruhig und hört nicht auf, den Kater zu streicheln. »Meine Frau hat geschrien, sie hat sich ihnen in den Weg geworfen und sich die Kleider vom Leib gerissen. Doch sie konnte sie nicht aufhalten, keine Chance. Der Schamane hat mit seiner Rassel herumgefuchtelt und immer wieder gesagt, es sei ein großes Übel geschehen, das gesühnt werden müsse. Schahnaz rief immerzu: ,Paap, Paap!', aber ich war unfähig, etwas zu tun. Ich sah, wie sie ihn hinaus auf den Hof schleppten und dort auf ihm herumsprangen und ihn traten. Dann haben sie ihn hinten an einem Jeep angebunden und angezündet. Wie der gebrüllt hat! Es vergeht kein Tag, an dem ich seine Schreie nicht höre. Es vergeht kein Tag, an dem ich nicht zum lieben Herrgott bete, er möge mich mit diesen Schreien verschonen. So haben sie den Jungen zum See geschleppt. Er wird wohl schon tot gewesen sein, als sie ihn hineingeworfen haben, ich bete darum.«

Der Mann ist ruhig, als hätte er über den Busfahrplan gesprochen. Der Kater auf seinem Schoß streckt sich und springt auf den Boden. Von dort aus begibt er sich an der Hauswand entlang auf die Jagd oder zu einem Liebesabenteuer. Der Mann nimmt ohne hinzuschauen eine Messingmutter in die Hand, geistesabwesend befreit er sie mit einem Lappen von Wagenschmiere.

»Ich konnte mich nicht von ihm verabschieden. Er ist unschuldig gegangen und so jung! Das war eine große Sünde, Junge. Ich bete für all die Sünder, möge der Herr Erbarmen mit ihnen haben. Aber es war eine schreckliche Sünde. In jener Nacht sind meine Haare weiß geworden. Meine Frau ist dem Wahnsinn verfallen, und eine Woche später ist sie ihrem Sohn gefolgt und in den See gegangen. Ich bin hier allein.« Ungelenk breitet er die Arme aus, dass ihm die Mutter vom Schoß auf die Erde springt. Nami bückt sich danach und reicht sie dem Mann, der durch ihn hindurchschaut.

»Als das passiert ist, hat mich auf einmal all meine Kraft verlassen. Als wäre ich von einer Flutwelle überrollt worden, ich habe mit einem Schlag sämtliche Kraft verloren. Ich bin zu Boden gegangen und war nicht fähig, wieder aufzustehen.«

Erneut verstummt er für eine Zeit.

»Hast du gemerkt, dass man hier nichts mehr hört? Früher ist am Himmel ab und zu eine MIG vorbeigedonnert, als die Russen uns noch Angst eingejagt haben. Erinnerst du dich an die Militärparaden? Das war ein Getöse! Man hat die Schiffe aus dem Hafen tuten gehört. Die Fischfabrik mit ihrer Schichtsirene. Die Kamele haben gebrummt, die Esel geschrien. Der Stadtfunk, das war ein Spaß ... Die ganzen Bau-Auf-Lieder! Jetzt herrscht Ruhe, als wäre alles ausgestorben.«

»Ich finde das schön«, antwortet Nami. Mit den Fingern drückt er auf einer Grasähre herum.

»Vor Jahren haben russische Militärtaucher hier ein untergegangenes U-Boot gesucht. Ich habe mir das angeschaut, und dann kam mir die Idee. Für ein paar Flaschen Wodka haben sie mir tauchen beigebracht, und sie haben mir die Taucheranzüge samt den Geräten dagelassen. Ich dachte, dass ich Schahnaz im See finden und ihn zurück nach Hause holen könnte. Wenn ich nur lange genug tauchen würde, müsste ich ihm wiederbegegnen. Der Seegeist ist nicht erfreut über Menschen, die zur falschen Zeit und aus den falschen Gründen dort unten sind, er würde ihn mir sicher zurückgeben wollen.«

»Aber das ist doch schon achtzehn Jahre her!«

»Ich werde meinen Sohn suchen, solange mir mein Körper Dienste leistet.«

»Das ist verrückt.«

»Ich weiß, dass er längst tot ist. Doch ich will nicht, dass er dort unter Wasser allein ist. Ich will, dass er weiß, dass ich ihn suche.«

»Und so finden Sie die ganzen Sachen hier.«

»Ja, genau. Wenn ich im Schlamm grabe, wird er aufgewirbelt, und man sieht überhaupt nichts. Aber wenn ich etwas finde, etwas Persönliches, dann lohnt sich das immer. Ein Schachspiel, das mit Intarsien verzierte Brett. Reste eines Brokatpantoffels. Ein mit Perlmutt belegter Kamm. Der Umschlag eines Schulhefts. Wenn auf dem Gegenstand ein Name steht, den ich kenne, gebe ich ihn den ursprünglichen Besitzern zurück. Die Puppe einem Mädchen, das jetzt zehn Jahre älter ist, als zu der Zeit, als sie sie verloren hat. Sie hat mir gedankt, als hätte ich ihr das goldene Vlies gebracht. Manchmal finde ich Dinge, die Leuten gehört haben, die nicht mehr leben. Die gebe ich an die Hinterbliebenen zurück; einige weinen vor Rührung, andere schmeißen den ollen Krempel weg, kaum dass sie durchs Tor sind.«

»Und einen Körper? Haben sie schon mal einen gefunden?«

Der Mann zuckt mit den Schultern. »Noch nicht. Aber ich habe Fische gefunden, wie ich sie noch nie in meinem Leben gesehen habe. Einen fünf Meter langen Hausen, winzige phosphoreszierende Grundeln. Der Anblick war eine reine Freude. Aber das ist lange her.«

Nami schweigt. Der rote Kater streicht ihm nun um die Hosenbeine, der Mann schiebt ihn mit einem Fuß sanft beiseite.

»Essen wir was«, sagt er.

»Warum kümmern Sie sich um mich?«

Der Mann dreht sich um und schaut ihn an, als hätte er die Frage nicht begriffen. »Warum ich mich um dich kümmere? Du brauchst das, Junge. Außerdem gibt es nur Brot mit Zwiebel.« Er zuckt mit den Schultern.

Und wer denn nun sein Vater sei, fragt Nami beiläufig. Der Mann antwortet etwas in dem Sinn, dass es besser sei, manche Türen nicht zu öffnen, aber Nami faucht ihn an, dass er solches Gerede stecken lassen solle. Er sei erwachsen und wolle wissen, wessen Blut er in sich trage.

»Ich weiß es nicht. Schahnaz war verrückt nach deiner Mutter und ist ihr auf Schritt und Tritt gefolgt. Sie war so schön, wie nur siebzehnjährige Mädchen aus Boros es sein können. Er wusste, dass sie sich heimlich mit einem russischen Soldaten traf. Na ja, mit jemandem von der russischen Garnison.«

»Von der russischen Garnison?«

»Junge, ich weiß es nicht. Schahnaz hat das in sein Tagebuch geschrieben. Dass er sie beobachtet hat, wie sie sich im Wald trafen. Das ging lange. Er war darüber so traurig, wie es nur ein verliebter Junge sein kann.«

»Nein.«

»Tja, ich versteh dich ja. Lass gut sein.«

»Nein, nein!«

Nami nimmt Anlauf und presst den Mann gegen die Hauswand. Rammt ihm den Kopf gegen den Brustkorb. Der ältere Mann schnappt eine Weile nach Luft. Er nimmt Nami in den Schwitzkasten und hält ihn einen Moment fest. Als er sieht, dass Nami sich beruhigt, umarmt er ihn. Sie bleiben in dieser Umarmung, eine halbe Minute, eine ganze. Dann sagt der Mann, er würde jetzt ein paar Eier zubereiten.

Er macht Rührei und röstet Brot dazu. Sie essen schweigend. Danach fordert er Nami auf, das Geschirr zu spülen, und fängt an, den Neoprenanzug zusammenzulegen. Nami sitzt reglos da und schaut lange auf den See. Dann sagt er, dass er das auch gern tun würde. Tauchen lernen, mit ihm nach Schahnaz und all den anderen verlorenen Dingen suchen. Und endlich mit eigenen Augen diesen verfluchten Seegeist zu Gesicht bekäme. Der Mann zeigt auf einen Neoprenanzug, der über dem Gestell zum Lüften der Federbetten hängt.

Nami legt sich die Hände auf den Bauch; es ist angenehm, wieder einmal sattgegessen zu sein. Doch so tief er auch tastet, er kann keine Gefühle mehr in sich aufspüren, nicht einmal Reste, dort ist nur noch der leere, lange Bau, den sich die wilde Bestie einst gegraben hat. Nami hat Fragmente von sich in Menschen hinterlassen, die er geliebt hat, aber er selbst hat nichts mehr.

»Ich weiß genau, dass dort kein Geist ist«, verkündet

er beiläufig und zieht sich einen Schuh aus, um den Sand auszuschütten. Der Mann schaut ihn ruhig an und klappt den Ständer seines Mopeds hoch.

»Jetzt komm«, sagt er geduldig. »Steig auf.«

»Bestimmt gibts diesen beschissenen Geist gar nicht. Vielleicht früher, ja, vielleicht. Aber heute ist in der Kloake da bloß noch ein Haufen Gift, Leichen und Gerümpel.«

»Bist du fertig mit Reden? Ich fahre jetzt«, erklärt der Mann und lässt das Moped an.

Sie fahren fast bis zur Flutlinie, ziehen sich um und gehen wortlos über den aufgeplatzten, salzgesättigten Seegrund bis zum Wasser. Ein schwacher Wind treibt winzige, scharfkantige Flocken mit Samen irgendeiner Wüstenpflanze vor sich her, doch Nami hört das leise Kratzen auf dem harten Ufer nicht, denn er hat die Kapuze des Taucheranzugs über den Kopf gezogen. Er nimmt den Gestank der Wassermassen nicht wahr, denn er hat die Atemmaske vorm Gesicht. Das Wasser ist eiskalt, doch spürt Nami das durch das Neopren nicht.

Der See öffnet sich langsam für ihn und Nami steigt hinein.